The Friend

Sigrid Nunez

友だち

シーグリッド・ヌーネス
村松潔 訳

CREST BOOKS
Shinchosha

友だち

THE FRIEND
by
Sigrid Nunez

Illustration by Tatsuro Kiuchi
Design by Shinchosha Book Design Division

書くことによって哀しみが癒やされる望みはないということを悟らなければならない。

——ナタリア・ギンズブルグ『わたしの天職』

部屋のまんなかに大きな木箱があり、その上に犬が坐っていて、紅茶のカップとおなじくらい大きい目でにらんでいるが、すこしも怖がる必要はない。

——ハンス・クリスチャン・アンデルセン『火打ち箱』

どんな小説でもほんとうに答えようとしているのは、人生が生きるに値するか否かという問題である。

——ニコルソン・ベイカー『フィクションの技術 No.212』

（『パリ・レビュー』誌）

1

一九八〇年代のカリフォルニアで、多くのカンボジア人女性がおなじような症状を医師に訴えた。目が見えないというのである。彼女たちは全員が戦争難民で、祖国から逃げ出す前、一九七五年から一九七九年まで政権をにぎっていたクメール・ルージュによる悪名高い残虐行為を目撃していた。その多くがレイプや拷問やそのほかの残忍な仕打ちを受け、大半が目の前で家族を殺されていた。ある女性は、やってきた兵士たちに夫と三人のこどもを連れ去られ、その後二度と会えなかった。それから四年間毎日泣きつづけたすえに、目が見えなくなってしまったのだという。泣きすぎて目がつぶれたのは彼女だけではなかった。ほかにも、視界がぼやけたり、視野が欠けたり、影が見えるようになったり、痛みに悩まされている女性がいた。

そういう女性たち──全部で百五十人くらい──を診察した複数の医師によれば、彼女たちの目は正常で、脳の検査でも異常は認められなかった。彼女たちがほんとうのことを言っているのだとすれば——それを疑う医師もいて、そういう医師は、人の注意をひくためか障害者給付を受けたいがために、仮病をつかっているのだろうと考えた——、心因性の視力障害とでも説明するしかなかった。

つまり、彼女たちの心は、あまりにも恐ろしい光景を見せつけられて、それ以上はなにも受けいれられなくなり、どうやったのかはともかく、明かりを消してしまったのである。

これが、あなたがまだ生きていたとき、あなたとわたしが最後に話したことだった。そのあとは、わたしのリサーチに役立つかもしれない本のリストが添付されたEメールだけ。それと、ちょうどそういう時節だったので、よいお年をという挨拶。

あなたの死亡記事にはふたつ誤りがあった。あなたがロンドンからニューヨークに引っ越した日付が一年ずれ、あなたの妻1の旧姓のスペリングが間違っていた。ささいなミスで、後日訂正されたけれど、あなたをひどく苛立たせたにちがいない、とだれもが思った。

それでも、追悼式では、あなたを面白がらせたにちがいない言葉を耳にした。

お祈りを捧げられたらよかったのに。

どうしてそうしないんです?

彼がさせないのよ。

〈……にちがいない。……にちがいない〉死んだ人間が住むのは条件法の世界、非現実の時制である。だが、同時にもうひとつ、別の奇妙な感覚もある。あなたが全知の存在になり、わたしたちがすることや、考えることや、感じることを何もかも見透かしているかのような……。あなたはこういう文章も読んでいて、わたしが書きつける前から何を言おうとしているのか知っているかのような、奇妙な感覚。

あまりにも長いあいだ激しく泣きつづけると、視界がぼやけてしまう、というのはほんとうだ。わたしは横になっていた。真っ昼間なのに、ベッドに入っていた。あまりにも泣きすぎて、頭痛がした。何日も前から、頭がズキズキする。起き上がって、窓から外を眺めにいった。まだ冬で、窓際は寒く、隙間風が入ってくる。でも、気持ちがよかった——冷たいガラスに額を押しつけると、気持ちよかった。まばたきをしつづけたが、視界はぼんやりしたままだった。泣きすぎて目が見えなくなった女性たちのことを思い出した。不安になって、何度も何度もまばたきをくり返した。と、そのとき、あなたの姿が見えた。茶色い、年季の入ったボマージャケット、あのきつすぎる——だからあなたが着るとよけい恰好がよかった——ジャケットを着て、髪は黒々としていて、ふさふさで、長かった。むかしはみんなそうにちがいなかった。ずっとむかしは。もう三十年ちかく前になるけれど。

あなたはどこへ行こうとしていたのか？　とくにどこへでもなかった。用事があるわけでも、約束があるわけでもなかった。ただ、ポケットに両手を突っこんで、通りを眺めながら、ぶらぶら歩いていた。あなたはそれが好きだった。〈歩けなければ、わたしは書けない〉あなたは午前中に仕事をした。そして、いつもそういう瞬間が来るのだが、簡単な文ひとつ書けない気分になると、外に出かけて、何マイルも歩く。忌々しいのは天気のせいでそれができない日だった（もっとも、あなたは寒さも雨も気にしなかったから、出かけられないのは本格的な嵐のときくらいだったけれど）。外から戻ってくると、あなたはまた坐りこんで仕事に取りかかり、散歩のあいだにつかんだリズムを維持しようとする。それがうまくいけばいくほど、いいものが書けるのだった。

なぜなら、すべてはリズムだから、とあなたは言った。よい文章はビートの効いた出だしではじまる。

あなたは『そぞろ歩きの流儀』というエッセイを発表して、町なかをぶらぶら歩きまわる習慣と、それが文学的な営みのなかでどんな位置を占めるかについて語った。ぶらぶら歩きをする女が現実にありうるかどうかという一節には、激しい非難の声があがった。女は男とおなじ気分ややり方では通りをぶらつけない、とあなたは考えていた。女性の歩行者には絶えず邪魔が入る。ジロジロ見られたり、なにか言われたり、野次られたり、体にさわられたりする。女はけっして油断しないように育てられる。この男はわたしの近くを歩きすぎているのではないか？　あの男は跡をつけてくるのではないか？　そんなふうに警戒しながら、どうしてほんとうに理想的なぶらぶら歩き——自分を忘れ、ただ純粋にそこにいる歓びを味わう——を経験できるほどリラックスできるだろう？

女にとっては、その代わりになるのはショッピング――とりわけ、なにを買うつもりもなく、あちこちを覗いてまわるショッピング――だろう、とあなたは言った。

あなたが言ったことはどれも間違ってはいないと思う。外出するときいつも身がまえる女性は大勢いるし、なかには外出を避けようとする人さえいることを、わたしは知っている。もちろん、女でもそれなりの歳になるまで待てばいいだけのことで、そうなれば、だれの目にも留まらなくなり、それで問題は解決するのだが。

そういえば、あなたは〈女〉と言っていたが、実際にはそれは若い女という意味だった。

最近、わたしはたくさん歩いているが、なにも書いていない。それで、締めきりを守れなかった。編集者は同情して特別に期限を延ばしてくれたが、それにも間に合わなかった。いまや、わたしは仮病をつかっている、と編集者は思っている。

勘違いしていたのはわたしだけではなかった。あなたはそのことをよく話題にしていたから、まさか自分でそれを実行するはずはないと思っていた。それに、何といっても、あなたは知り合いのなかでいちばん不幸だったわけではなく、いちばんひどい鬱だったわけでもなかった（GやDやT＝Rのことを考えてみるがいい）。いまとなっては、こんなふうに言うのは奇妙だが、あなたはいちばん自殺しそうな人間ですらなかった。
時期が時期だっただけに――新年がすぐそこに迫っていたので、覚悟のうえだったのだろうと考えることが可能になった。

それについて何度か話したなかで、あるとき、自分を思い止まらせるものがあるとすれば、それは学生たちの存在だろう、とあなたは言った。当然ながら、あなたはそういう例が学生たちに与える影響を案じていたのである。あなたは教えるのが好きだったし、お金が必要だったこともみな知っていたのに、去年、あなたが教えるのをやめたとき、わたしたちはそんなことになっているとは考えてもみなかった。

また、別のあるときに、あなたは言った。ある程度の年齢に達した人間には、それは理にかなった決定、まったく健全な選択、ひとつの解決策でさえありうると。若者の自殺は、それとはちがって、誤り以外の何ものでもありえないけれど。

また、あるとき、〈どちらかというと、むしろ短篇小説のような人生のほうが自分の好みだ〉と言って、あなたはわたしたちを笑わせた。

スティーヴィー・スミスが死に神を〝呼ばれるとやってくる唯一の神〟と呼んだとき、あなたは大笑いしたものだった。自殺というものがなければ、いままで生きてこられなかった、と人々がいろんな言い方で言うのを聞いたときみたいに。

ある晴れた春の朝、サミュエル・ベケットと散歩をしていた友人が訊いた。こんな日には、生きていてほんとうによかったと思わないかね？　わたしはそこまで言うつもりはない、とベケットは答えたという。

テッド・バンディが自殺防止センターの相談員をしていたことがある、と言ったのはあなたではなかったか？

連続殺人犯のテッド・バンディが。

もしもし。わたしはテッドと申します。お話をお聞きする係です。どうぞお話しください。

お別れの会があるというので、わたしたちは驚いた。そんなものは要らないどころか、考えただけでもぞっとする、とあなたは言っていたからである。妻3があっさりそれを無視したのか？　あなたがそれを書き残しそこなったからか？　自殺する人たちのほとんどがそうだが、あなたも遺書《ノート》を残さなかった。なぜそれが短信《ノート》と呼ばれるのか、わたしにはむかしからわからない。なかには、そんなに短くは収められない人たちもいるだろうに。

ドイツ語では、遺書はアプシーツブリーフと呼ばれる。〝別れの手紙〟という意味である。（こっちのほうがましだろう）

少なくとも、火葬にしてほしいというあなたの意思は尊重され、埋葬の儀式や服喪期間《シヴァ》はなかった。死亡記事では、あなたが無神論者だったことが強調されていた。〈宗教と知識のどちらかひとつというなら、と彼は言っていた、人は知識を選ばなければならない〉

ユダヤ人の歴史をすこしでも知っている人間としては、なんと非常識な物言いだ、と言った人もいたけれど。

お別れの会がひらかれたころには、ショックは収まりかけていた。人々は、妻たちが一堂に会したらどんなふうになるのだろう、などと想像して面白がっていた。女友だちまで集まったらどうなるか、とまでは言わないとしても（もっとも、とジョークはつづいた、全員が集まったら、一部屋には入りきらないにちがいないが）。

繰り返し映し出されるスライドショーが、失われた美しさや失われた若さをこれでもかと言わんばかりに思い出させたことを除けば、それはほかの文学的な集まりとあまり変わらなかった。会場で顔を合わせた人々の話題はお金のこと、補償としての文学賞、いちばん最近の死者、作家、死亡記事のことだった。こういう場合には、涙は見せないのが礼儀だということになっていて、人々はこの機会を利用して、情報交換したり、最新の情報を仕入れたりしていた。追悼文のなかで妻2があまりにも個人的なことを暴露しすぎているというささやき声や首を振る身ぶり（しかも、いまや、彼女はそれを本にして出版しようとしているという噂があった）。

妻3は輝いていた、と言わなければならないだろう、ナイフの刃のように冷たい輝きだったけれど。わたしを哀れむがいい、と彼女の佇まいは言っていた、ある程度はわたしの責任だと仄めかすがいい。そうしたら、わたしはあなたに切りつけてやる。

仕事はうまくいっているかと訊かれて、わたしはほろりとさせられた。読めるようになるのが待ち遠しい、と心にもないことを言われた。

書きおえられるかどうかわからない、とわたしは言った。

あら、でも、彼はあなたに書きおえてほしいと思ったにちがいないわ。〈……にちがいない〉しゃべりながらゆっくり首を左右に振る、人を困惑させる癖。まるで自分が言っていることをいちいち否定しているかのように。

中途半端に有名な人が近づいてきた。そして、離れていく前に、電話してもいいかと訊かれた。

わたしは早めに会場をあとにした。出てくる途中で、わたしのお別れの会のときは、もうすこし大勢集まってほしいね、とだれかが言っているのが聞こえた。

これで彼は公式に死んだ白人の男になったというわけだ、とも。

文学界は憎しみという地雷が埋めこまれた場所、狙撃手《スナイパー》に取り囲まれた戦場みたいなもので、絶えず嫉妬や敵愾心が見え隠れしているというのはほんとうですか、とNPR（ナショナル・パブリック・ラジオ）のインタビュアーがある著名な作家に質問した。彼はそれを認めて、嫉妬や憎しみが渦巻いていると言った。それから、さらに言葉を継いで、それはいわば多すぎる人たちが乗りこもうとする沈みかけている筏みたいなものだ、と説明した。だから、だれかを突き落とせば、それだけ筏が浮き上って、乗りやすくなるのだと。

むかしからよく言われているように、本を読むことは実際に共感力を高めるのかもしれない。

だが、書くことはそれをいくらか取り去ってしまうのだろう。

いつだったか、あるカンファレンスで、作家になるのはすばらしいことだという考えがいったいどこから出てくるのだろう、と言ってあなたは詰めかけた聴衆を驚かせた。物を書くというのは職業、というよりは不幸な素質だ、とジョルジュ・シムノンは言っている。本名で数百篇の小説を書き、さらに二ダースものペンネームで数百篇書いて、引退するときには世界中でいちばん売れている作家だったのにもかかわらず。それこそ桁外れの不幸だったことになる。

シムノンは一万人以上の女と寝たというのが自慢で、フェミニストを自称していた。その大半、でなくても多くは、娼婦だったけれど。彼の文学上の師はあのコレット、愛人はほかならぬジョゼフィン・ベイカーだったが、仕事の邪魔になりすぎるから関係を終わらせたのだという。情けないことに、その年にはたった十二篇しか小説を書けなかったからだというのだった。そして、なぜ小説家になったのかと訊かれると、母親への憎しみからだと彼は答えている。〈ずいぶん憎んだものである〉

ぶらぶら歩きをするシムノン。〈わたしの本はすべて歩いているときに思いついたものだ〉

シムノンには父親を病的に愛している娘がいた。まだ幼いころ、結婚指輪が欲しいというので、彼はその娘に指輪を与えた。彼女は成長するとともに指輪のサイズを大きくして指に合わせた。そして、二十五歳のとき、拳銃で自殺した。

Q　若いパリジェンヌはどこで拳銃を手に入れるのか？

A　父親の小説のひとつで読んだことのある鉄砲鍛冶から。

一九七四年のある日、わたしもときどき教えている大学の教室で、ある詩人がその学期に教えていたワークショップの学生たちに言った。〈来週はここに来られないかもしれません〉そのあと、家に戻ると、彼女は母親の毛皮のコートをまとって、ウォッカのグラスを片手に、自宅のガレージで拳銃自殺をした。

母親の毛皮のコートというのは、創作科《ライティング》の教師たちが学生に指摘したがる種類のディテールである。じつに効果的なディテール――シムノンの娘がどうやって銃を手に入れたかみたいに――で、現実の生活にはいくらでもあるのだが、学生の書くもののなかにはほとんど見られない。

この詩人は自分の車、一九六七年型のビンテージ・カー、トマトレッドのクーガーに乗りこんで、エンジンをかけていた。

初めて教えたライティングのコースで、わたしがディテールの大切さを強調すると、ひとりの学生が手を挙げて、それには全面的に不賛成だと言った。そんなにディテールが欲しければ、テレビを見るべきだというのだった。

そのとき思ったほどばかなコメントではない、とのちには思うようになったけれど。

おなじ学生がわたしに向かって（〈あなたたちのような作家〉というのが彼の言い方だった）、書くことを実際よりずっとむずかしいことだと思わせて、ほかの人たちを脅していると非難した。

なぜわたしたちがそんなことをすると思うのか、とわたしは訊いた。
やだなあ、と彼は言った。そんなこと、わかりきってるでしょ？　パイの大きさは決まってるんだから。

わたしの初めてのライティングの教師は、学生たちに言っていた。作家になる以外に人生でできることがあるのなら、どんな仕事でもいいから、それをすべきだと。

きのうの夜、ユニオン・スクエア駅で、『バラ色の人生《ラ・ヴィー・アン・ローズ》』をフルートでとても楽しげ《モルト・ジオコーソ》に演奏している人がいた。最近、わたしはなにかの曲が耳について離れなくなることがよくあるのだが、もちろん、この曲も、そのフルート奏者のじつに威勢のいい演奏が、一日中耳にまつわりついて離れなかった。そういうときには、その曲を全曲とおして二、三度じっくり聴くといいという。で、わたしはいちばん有名なバージョンを聴いてみた。もちろんエディット・ピアフ、この曲の作詞をして、一九四五年に初演した当人の歌声である。すると、今度は、その小雀《モーム・ピアフ》の妙にか細い〝フランスの魂〟の歌声が耳から離れなくなった。
やはりユニオン・スクエア駅だったが、〝ホームレスで、歯なし《トゥースレス》で、糖尿病《ダイアビーティス》〟というカードを掲げている男がいた。こいつは上出来だ、と通勤客のひとりが言って、紙コップに小銭を投げ入れた。

コンピューターに向かっていると、ときどき、ウィンドウがポップアップして、〈あなたは本を書いていますか?〉と訊いてくる。

妻3はわたしに何を話したいというのだろう? わたしは人が思うほどそれを知りたいとは思っていない。あなたからの手紙かなにかの言づけがあるのなら、いまごろはもう受け取っているはずだった。なにか別の種類の催しを企てているのだろうか。たとえば、思い出の文集とか。もしそうなら、彼女はまたもやあなたが望まないと言っていたことをやろうとしていることになる。顔を合わせるのは気が進まなかった。彼女がきらいだからではない(そんなことはないのだ)。そういう儀式には、どんなものにせよ、関わりたくなかったからである。

わたしはあなたのことを話したくない。わたしたちの関係はちょっとふつうの関係ではなく、ほかの人たちにはかならずしも理解しやすくはなかった。あなたがわたしたちのことを妻たちにどんなふうに言っていたのか、わたしは一度も訊いたことがなく、結局、知らずに終わってしまった。妻3は、妻1みたいにわたしの友人にはならなかったが、少なくとも妻2みたいに敵にもならなかったので、わたしはずっとありがたいと思っていた。

結婚すると、あなたは必然的に友だちとの関係を調整せざるをえなくなった。だが、それは彼女の責任ではなく、結婚すればそうなるものなのだ。あなたとわたしがいちばん親密になったのは、前妻と次の妻のあいだの期間だったが、それはけっして長くはつづかなかった。なぜならあなたは、ほとんど病的なほど、ひとりでいることのできない人だったから。あなたはこんなふうに言ったことがある。ごくわずかな例外、たとえば新刊のプロモーション・ツアーで地方をまわっているとき（そういうときでさえいつもではなかったが）を除けば、四十年のあいだ一晩もひとりで眠ったことはなかったと。妻たちのあいだには、いつも何人かの女友だちがいたし、女友だちのあいだには一夜かぎりの相手がいた。（あなたが好んで〝行きずりの関係〟と呼んだ相手もいたが、その場合にはいっしょに眠るわけではなかった）

ここでちょっと、恥を忍んで、告白しておこう。あなたが恋に落ちたと聞くたびに、わたしの胸はキリリと痛んだし、だれかと別れたと聞くと、歓びが湧き上がるのを抑えつけられなかった。

わたしはあなたのことを話したくはないし、ほかの人たちがあなたについて話すのを聞きたくもない。死んだ人の記憶をあらたにするため、わたしたちに可能な唯一のやり方で生きつづけさせるために、わたしたちは死者について語り合うのだ、というのがもちろん決まり文句である。けれども、人々が、たとえばお別れの会で人々が――あなたを愛し、あなたをよく知っていて、しかも言葉が巧みな人たちが――あなたのことを話すのを聞けば聞くほど、わたしはあなたが遠のいていくような、ますますホログラムみたいなものになっていくような気がする。

少なくともあなたの家（あそこは依然としてあなたの家だ）には招かれなかったのでほっとした。あなたが住んでいた数年のあいだに二、三度行ったことがあるだけで、その場所に強烈な思い出があるわけではないけれど。わたしがよく覚えているのは、引っ越してから間もないころ、初めて訪ねたときのことである。褐色砂岩《ブラウンストーン》のアパートのなかを案内され、造りつけの書棚や年季の入ったクルミ材の床に敷かれたすてきな絨毯に感嘆して、現代の作家がいかに本質的にブルジョワかにあらためて気づかされたものだった。あるとき、別の作家の自宅でのじつに豪華なディナーの席で、ブルジョワのように生活し、半神のように考えるというフローベールの有名な原則をだれかが持ち出したことがあった。もっとも、あの過激な男の生活がどうしてふつうのブルジョワのそれと似ていると言えるのか、わたしにはむかしからわからないのだが。その場にいただれもが認めたのは、現在では、気弱なボヘミアンはすっかり姿を消し、物知りで、賢い消費者で、美食その他の洗練された文化的趣味をもつヒップスターに取って代わられているということだった。その善し悪しはともかくとして、と三本目のワインをあけながら、わたしたちのホストは断言した。今日の多くの作家は、自分がやっていることに気おくれを、いや、羞恥さえ感じていると。

ブームになる何十年も前に引っ越したあなたは、ブルックリンがブランドになるのを見て悄然とし、自分の家の界隈が六〇年代の反体制文化《カウンターカルチャー》とおなじくらい書きにくいものになってしまったことに驚いていた。どんなに真摯に語りはじめても、いつの間にかパロディの色がにじんでしまうのだ。

フローベールのそれとおなじくらいよく知られているヴァージニア・ウルフの言葉。〈美味しいものを食べていなければ、人はよく考え、よく愛し、よく眠ることはできない〉そのとおりである。しかし、空腹に苦しんだアーティストというのもかならずしも作り話ではなく、貧者のように生きて、無縁墓地に葬られた思想家も何人もいた。

世間の無関心にひどく苦しめられた天才として、ウルフはキーツとともにフローベールの名前をあげている。しかし、フローベールは——女流アーティストはみんな淫売だと言った彼は——彼女をどう思っただろう？　ふたりともみずから命を絶つ人物を創作していて、ウルフ自身は自殺しているのだが。

あなたとわたしがほとんど毎日のように会っていた時期——それはかなり長くつづいた——もあった。しかし、ここ数年は、別の行政区に住んでいるだけなのに、まるで別々の国に住んでいるかのように、主にEメールを——定期的にではあっても——やりとりするだけになっていた。去年一年を通じて、わたしたちが会ったのは約束してからより、パーティや朗読会やほかのなにかの催しで、偶然顔を合わせたことのほうが多かった。

それなのに、あなたの家に足を踏み入れることがなぜこんなに怖いのだろう？

たぶん、見慣れた服とか、なにかの本や写真がちらりと見えたり、あなたの匂いをかすかに感じたりすれば、わたしはひどくうろたえてしまうと思うからだ。そんなふうにうろたえたくはない。絶対に。あなたの未亡人がそばに立っているところでは。

あなたは本を書いていますか？　あなたは本を書いていますか？　本を出版する方法を学ぶにはここをクリック。

最近では、これを書きだしてからだが、新しいメッセージがポップアップするようになった。

孤独ですか？　怖いですか？　落ちこんでいますか？　自殺防止ホットライン　二十四時間受けつけています。

自殺する唯一の動物は泣く唯一の動物でもある。追いつめられた牡鹿は、追いまわされて疲労困憊し、どうしても猟犬から逃れられないとなると、涙を流すことがあると聞いている。象が泣くという報告もあるし、もちろん、自分の猫や犬については、飼い主はいろんなことを言う。科学者によれば、動物の涙はストレスによる涙であり、感情的な人間の涙と混同すべきではないという。

おなじ人間でも、感情的な涙の化学組成は、たとえば刺激物が入ったとき、目を洗ったり潤いを与えたりするために出る涙のそれとは違うのだという。こういう化学物質の放出は泣く人にとって有益であることがわかっており、それが大泣きしたあと気分がすっきりしたと感じることが多い理由のひとつらしい。もしかすると、いつになってもお涙ちょうだいものに人気があるのもそのせいかもしれない。

ローレンス・オリヴィエは、ほかの多くの俳優とはちがって、必要に応じて涙を流せないのが不満だったという。俳優が流す涙の化学組成を調べて、それがどちらのタイプに属するかわかれば面白いかもしれない。

民間伝承やその他のフィクションでは、精液や血液もそうだが、人間の涙に不思議な力があるとされていることがある。ラプンツェルの物語の最後の部分では、長年離ればなれになって苦しんだすえ、娘と王子が再会して抱き合ったとき、彼女の涙が王子の目のなかに流れこんで、魔女の手で盲目にされていた視力が奇跡的に回復する。

エディット・ピアフにまつわる数多くの伝説のひとつも、奇跡的な視力の回復に関わりがある。こどものころ、彼女は角膜炎で数年のあいだ目が見えなかったが、祖母の売春宿——幼いエディットはそこに住んでいた——で働く娼婦たちに連れられて、リジューの聖テレーズの巡礼の旅に出たあと、それが治ったのだという。これもうひとつのお伽噺にすぎないのかもしれないが、唄をうたっているとき、ピアフは「奇跡が起こった盲人の目、千里眼の目」をしているとジャン・コクトーが言ったのは事実である。

〈そして、二日のあいだ、わたしは目が見えなくなった……。わたしは何を見たのか？　それは永遠にわからないだろう〉ある詩人がこども時代の、暴力と汚らしさが刻みこまれた時代のある出来事を語った文章である。ルイーズ・ボーガン。彼女は「わたしは生まれたときから暴力を体験していたにちがいない」とも言っている。

あのグリム童話はよく知っていると思っていたが、王子が自殺しようとしたことは忘れていた。もう二度とラプンツェルに会えないと魔女から言われると、彼は塔から身を投げる。わたしの記憶では、魔女がその爪で彼の目をつぶしたことになっていた——たしかに、魔女は王子に向かって、おまえのかわいい小鳥（ラプンツェル）をさらった猫がおまえの目もくり抜いてしまうだろう、と脅したのだが、王子の目が見えなくなったのは、そう言われて絶望した彼が塔から跳びおりたせいだった。跳びおりたところにイバラがあって、その棘に目を刺されたのである。

しかし、こどものときでさえ、魔女には怒る権利があるだろう、とわたしは思った。約束は約束であり、魔女が両親を騙して、こどもを取り上げたわけではない。魔女はラプンツェルを大事に育てて、外の悪い世界から守ろうとしたのだから。最初に通りかかったハンサムな若者が彼女をさらっていくことが許されるというのは、かならずしも公平ではないのではないかと思ったものだった。

わたしの愛読書がまだお伽噺だったこどものころ、隣に目の見えない男が住んでいた。その人は大人だったけれど、まだ両親と暮らしていた。いつも大きな黒眼鏡で目を覆っていて、目の見えない人が光から目を守ろうとしているのが、わたしには訳がわからなかった。顔の残りの部分はいかつく、きりっとしていて、テレビドラマのライフルマンに似ていた。映画スターや秘密諜報員でもよかったが、わたしが作ったお話のなかでは、彼は傷ついた王子様で、わたしの涙が彼を救った。

＊

「こんな場所でよかったかしら。わざわざこんなところまで来ていただいて、ほんとうにありがとう」

ここまで来るのには、彼女も知っているように、三十分もかからないが、彼女は丁寧でやさしい女性なのだ。妻3は。〝こんな場所〟というのは、あなたのブラウンストーンのアパート（依然としてあなたのアパートだ）から角を曲がってすぐの、チャーミングなヨーロピアン・スタイルのカフェだった。店に入って、窓際のテーブルに着いている彼女を見たとき、こういうエレガントで、きれいな女性にとっては、まさに完璧なセッティングだ、とわたしは思った――ほかのひとり客みたいに（ひとりでない客のなかにさえ、そういう人たちがいたが）電子機器をいじったりせずに、彼女は通りを眺めていた。

〈スカーフの結び方を五十通り知っているような女なんだ〉というのが、あなたが彼女について最初に言ったことのひとつだった。

六十には見えない、というよりは、六十でも魅力的であるのは簡単なことだと思わせてしまうような人だった。あなたが初めてこの人と、自分とほぼ同い年の未亡人と付き合いはじめたとき、みんなが驚いたことをわたしは覚えている。わたしたちは、もちろん、妻2やそれよりもっと若いほかの女たちのことを考えていたからである。あなたの性癖からすれば、自分の娘より若い女が現れるのは時間の問題だと思われた。わたしたちの意見では、そのせいで十年も歳を取った、とあなたが言っていた、二度目の結婚での戦闘のせいだろうということになった。それであなたは中年の女の腕のなかに転がりこんだのだろう。

わたしはこの人には感心させられる――カットして染めたばかりの髪、メイク、きれいにマニキュアされた手、隠されている足にも美しいペディキュアが施されているにちがいなかった――のだが、同時に、ある種の思いを抱かずにはいられない。お別れの会のときにも、わたしはまったくおなじことを考えた。そして、ニュースで見た、家族の休暇中に娘が行方不明になった夫婦のことをふと思い出したものだった。数日経っても、こどもは依然として見つからず、なんの手がかりもなかったので、両親に疑いの目が向けられるようになっていた。その夫婦が警察署から出てくるところを写真に撮られたのだった。とくに目立つところのない容貌の、ごくふつうの夫婦だったが、わたしの記憶に残ったのは、その妻が口紅と宝石、ネックレス――ロケットだったと思う――と大きなフープ・イヤリングをつけていることだった。そんなときに、わざわざメイクをして宝石を身につけていることに、わたしは驚いたのである。むしろホームレスみたいに見えてもおかしくないと思っていたのに。

そして、いまふたたび、そのカフェで、わたしはそう思っていた。この人は遺体を発見した妻だった。ところが、ここでも、お別れの会のときとおなじように、見苦しくないように取り繕ったというのではなく、自分をいちばん美しく見せるためのあらゆる努力を払っていた。顔も、ドレスも、指先から髪の付け根まで、すべてが入念に手入れされていた。

べつに非難する気があるわけではない。ただたいしたものだと思ったのである。

この人だけは別だった。あなたの人生で、文学界や大学と関わりのない数少ない人間のひとりだった。ビジネス・スクールを卒業して以来、ずっとおなじマンハッタンの会社で経営コンサルタントとして働いていた。ところが、なんと、わたしよりたくさんの本を読んでいるんだ、とあなたはわたしたちをうんざりさせる口ぶりで言った。初めから、彼女はわたしに対しては礼儀正しくて、よそよそしかった。わたしをあなたのいちばん古い友だちのひとりとして受けいれただけで、わたしにとって彼女は単なる知り合いの域にとどまった。わたしやほかの過去の女たちといっさい関係を断つように要求した、あの妻2の狂気じみた嫉妬よりはずっとましだったけれど。妻2をとりわけ苛立たせたのがわたしたちの友情で、彼女はそれを近親相姦的な関係と呼びさえした。

どうして〝近親相姦的〟なのか、とわたしは訊いた。

あなたは肩をすくめて、わたしたちが親密すぎるという意味だろうと言った。

わたしたちは寝ているわけではない、とは彼女はけっして信じなかったろう。

ある日、電話で話しているとき、わたしの言ったなにかがあなたを笑わせた。背後で、わたしは本を読もうとしているのに、と彼女が不満げに言う声が聞こえた。あなたがそれを無視して笑いつづけると、彼女はあなたの頭に本を投げつけた。

あなたはそれを断った。わたしと会う回数を減らすことには同意したが、完全に関係を断つことは拒否したのだ。

しばらくは、激怒や飛んでくるもの、悲鳴や泣き声、隣人からの苦情をあなたはがまんした。それから、嘘をつくようになった。何年ものあいだ、わたしたちは秘密の愛人同士みたいにひそかに会った。なんともばかげた成り行きである。彼女の敵愾心は衰えることを知らず、人前ですれ違ったりすると、ものすごい目つきでわたしをにらんだ。彼女の娘——あなたの娘——はそこにはいなかった。ブラジルで絶滅の危機にあるなにかの動物——たしか鳥だったと思う——の調査プロジェクトに携わっているということだった。

非常に不幸だったのは、あなたがひとり娘と疎遠になってしまったことだ。娘は母親よりももっと不倫関係を許そうとしなかったのである。

あの娘《こ》にはわからないんだ、とあなたは言った。あの娘はわたしのことを恥ずかしがっているんだ。

（あなたはどうして彼女にはわからないと思ったのだろう？）

しかし、妻2の追悼文にはひとしずくの恨みもなかった。あなたは彼女の人生の光と愛であり、人生でめぐり会った最良のものだった、と彼女は言った。そしていまや、あなたとの結婚生活に関する本を書いているという噂だった。小説のかたちで。それを読めば、じつはわたしたちは寝たことがあるという事実を、あなたが彼女に白状していたのかどうかわかるかもしれない。一度だけ。ずっとむかし。彼女があなたに会うはるか以前のことだったのだが。

まだ大学を卒業して間もなく、あなたは教えはじめたばかりだった。あなたと友だちになった教え子はわたしひとりではなく、わたしたちが妻1と知り合ったのもそのおなじクラスだった。

あなたはその学科のいちばん若い教師で、学科の俊英であり、ロミオだった。どんなに教室での恋を禁じようとしても無駄だ、とあなたは考えていた。偉大な教師は誘惑者であり、胸の張り裂ける思いをさせなければならない場合もある、とあなたは言った。それがどういう意味かほんとうに理解していたわけではないとしても、刺激的であることに変わりはなかった。わたしにわかっていたのは、自分は知識を渇望していること、そして、あなたにはそれを与える力があるということだった。

わたしたちの友情は学年が終わってもつづき、その年の夏——あなたが妻1に言い寄りはじめたのとおなじ時期——に、わたしたちは切り離せない仲になった。ある日、わたしたちは寝なければならない、と言ってあなたはわたしを驚かした。あなたの評判からすれば、驚くようなことではなかったにもかかわらず。じつは、あなたがいつ襲いかかってくるかとドキドキしながら待っていた時期はとうに終わって、それからすでにかなり時間が経っていた。そこへ、藪から棒にそう言われたので、わたしはどう考えていいのかわからなかった。だから、間抜けにも、なぜかとわたしは訊いた。すると、あなたは大笑いした。なぜなら、とわたしの髪にふれながら、〈おたがいのことをもっと深く知る必要があるからだ〉とあなたは言った。わたしが拒否するかもしれないという考えは、わたしたちのどちらにも浮かばなかったのだろう。わたしの人生でいちばん熱い時期だったと言えるそのころ、わたしのすべての欲望のなかでもいちばん強烈だったひとつは、だれかを、だれか男の人を全的に信頼することだった。

その後、わたしたちが友だち以上のものになろうとしたのは誤りだった、とあなたが宣言したとき、わたしはこのうえない屈辱感を味わわされた。

しばらくのあいだ、わたしは病気のふりをした。それからもっと長いあいだ、町にいないふりをした。それからほんとうに病気になると、それをあなたのせいにして、あなたを呪った。あなたと友だちになれるとは信じられなかった。

しかし、結局、ふたたびあなたと会ったとき、怖れていた重苦しいぎごちなさはなかった。なにかが——それまではっきりとは意識していなかった一種の緊張感が、なにかしら心を乱すものが——なくなっていた。

それこそ、もちろん、あなたがまさにもとめていた状態だった。あなたはちょうど妻1の征服をなし遂げたところだったが、そのときからわたしたちの友情が育っていった。そして、わたしのほかのどんな友人関係よりも長くつづき、わたしに強烈な満足感を与えてくれた。わたしは幸運だと思った。わたしはたしかに苦しんだが、ほかの人たちみたいに、胸の張り裂ける思いをしたことはなかった。（ほんとうにそうだったんですか、とあるときわたしのセラピストがわたしを突ついた。わたしたちの関係に不健康なものを嗅ぎとったのは妻2だけではなかったし、それがわたしがその後独身を通している理由のひとつではないかと勘ぐったのも、そのセラピストだけではなかった）

妻1。紛れもなく本物の、情熱的な恋だった。しかし、あなたの側は、彼女に忠実だったわけではなかった。それが終わる前に、彼女は神経衰弱に陥った。そして二度ともとの彼女には戻れなかったと言っても過言ではない。だが、あなたのほうもおなじだった。彼女が病院から退院して、すぐにほかの男を見つけたとき、あなたがどんなにズタズタになったかをわたしは覚えている。

彼女が再婚したとき、あなたはけっしてそうはしないと誓った。そして、そのあとの十年間は、さまざまな色恋沙汰がつづいた。たいていは長続きしなかったが、結婚しているのとたいして変わらない関係も何度かあった。わたしが覚えているかぎり、裏切りで終わらなかった関係はひとつもなかった。

涙にくれる女たちの列をあとに残していく男は好きになれない、とW・H・オーデンは言っている。あなたはさぞかし憎まれたことだろう。

妻3。彼女は岩だ、とあなたが言っていたのを覚えている。（わたしの岩だ、とあなたは言った）九人兄弟の長女。独身時代から、母親は病気で体がきかなくなり、父親はふたつの仕事を維持しようと苦闘していて、彼女の肩に大きな責任がかかっていた。最初の結婚についてわたしが知っているのは、夫が登山中の事故で亡くなったこと、こどもが、息子がひとりいたことだけである。

彼女とふたりきりで会うのはこれが初めてだった。いつも控えめな人だとばかり思っていたので、きょうは、ワインならぬエスプレッソで舌が軽くなったのか、とてもおしゃべりなことに驚かされた。彼女は例のように、話をしながら首を左右に振る。ゆっくり右に左に振る——わたしに催眠術をかけようとしているのだろうか？　声は柔らかく落ち着いているけれど、ちょっと神経質になっているようだった。

　自分の人生のなかで自殺した人はあなたが初めてではなかった、と彼女は言った。

「祖父が拳銃自殺しているんです。まだ幼いころだったので、祖父のことはすこしも覚えていないんですが。でも、彼の死はわたしのこども時代に深く刻みこまれていました。両親はけっしてその話をしなかったけれど、それはいつもそこにありました。家の上に垂れこめている雲、片隅の蜘蛛、ベッドの下にいる小鬼みたいに。父方の祖父で、父にはけっして祖父のことを訊いてはいけないと教えこまれていました。大きくなってから、ようやく母からすこしだけ話を聞けたんです。祖父の自殺は大変なショックだった、と母は言いました。遺書はなくて、祖父を知っている人たちは、彼がそんなことをする理由をなにひとつ思いつけなかったそうです。鬱に陥っている様子はすこしもなく、まして自殺するなんて。その不可解さが父にとってはよけいによくなかったようでした。というのも、長いあいだ、父はなにかしら不正行為があったにちがいないと信じこんでいたからです。母によれば、祖父がみずから命を絶ったことより、その理由を説明しなかったことに、父は腹を立てていたようです。自殺には理由があるはずだと父は考えていたのでしょう」

　それとは反対に、あなたはむかしからずっと鬱だった。しかも、去年のあの六カ月ほどひどかったことはかつてなかった。朝、ベッドから起き上がるのにも苦労するほどで、ただのひと言も書けなかった。ただ、奇妙なのは、少なくとも夏以降は、その危機を克服して、元気を回復していたことだった。ひとつには、と彼女は言った、長い干魃が終わって、何度もスタートラインでつまずいたあと、ようやくわくわくするようなものを書きはじめたところだった。あなたは毎朝、机に向かっていたし、たいていの日は順調に仕事が進んでいると報告した。そして、小説を書いているときにはいつもそうだが、本もたくさん読んでいたし、よく体を動かすようにもなっていた。

去年、あなたをひどく落ちこませていたことのひとつは、と彼女は説明した、なにかの箱を動かそうとして背中を痛め、何週間も運動ができなかったことだった。歩くだけでも痛かった。彼の呪文をあなたも知っているでしょう、と彼女は言った。〝歩けなければ、わたしは書けない〟でも、その怪我もようやく治って、また公園で長い散歩やランニングをするようになっていた。
「また以前のように人と付き合うようにもなっていました。鬱のあいだは避けていた人たちにもみんなに会うようになって。犬を飼うことになったのもご存じでしょう？」

実際、ある朝早く、ランニングをしているときに犬を見つけた、とあなたはEメールしてきた。切り立った岩の上に、空を背にして立つシルエット。それまで見たこともないほど大きな犬だった。白地に黒の斑《ハールクイン》のあるグレートデン。首輪も名札《タグ》も付いていなかったので、純血種であるにもかかわらず、捨てられたのかもしれない、とあなたは思った。飼い主を見つけるためにあらゆる手段を尽くしたが、それに失敗すると、あなたは自分で飼うことに決めた。妻は怖気をふるった。もともと犬好きではないうえに、ディーノはこれでもかと言わんばかりの犬だったからである。足先から肩までは八十五センチ以上、体重は八十キロもあった。写真が添付されていた。頬と顎を寄せ合っているあなたたち。最初に見たときは、小馬かと思ったほど大きな頭だった。

その後、ディーノという名前はふさわしくない、とあなたは考えるようになった。そんな名前で呼ぶには、この犬には威厳がありすぎる。チャンスというのはどうだろう？　それとも、ショーンシー？　ディエゴ？　ワトソン？　ロルフ？　アーロ？　アルフィ？　わたしにはどれも悪くない名前だと思えたけれど、結局、あなたはアポロと呼ぶことにした。

あなたの友だちのひとりで、あなたの数カ月前に自殺した人を知っているか、と妻3が尋ねた。会ったことはないけれど、とわたしは言った。あなたから話を聞いたことはある。

「そう。あのかわいそうな人はひどい健康状態だったんです。肺気腫で、癌で、狭心症で、糖尿病だった——生活の質《クオリティ・オブ・ライフ》ははっきり言って完全に最悪だったの」

それに反して、あなたはとても健康だった。かかりつけの医師によれば、あなたの心臓や筋肉の張りはずっと若い人のそれだった。

ここで小休止。ほとんど聞こえないくらいのため息をついて、彼女は顔を窓へ向ける。まるで探している答がもうすぐきっと現れる、ただちょっと遅れているだけだと言わんばかりに、通りを見つめている。

「わたしが言いたかったのは、たしかに浮き沈みはあったし、わたしたちみんなとおなじように、彼も歳をとるのを楽しんではいなかったけれど、ほんとうに元気旺盛だったってことなんです」

わたしがなんとも言わずにいると——何と言えばよかったのか？——、彼女はつづけた。「教えるのをやめたのは間違いだったと思います。それが好きだったからだけじゃなくて、生活に一定の枠組みができて、彼にとってはいいことだったから。もちろん、教えるのが以前ほどは楽しくなくなっていたのはわかっています。実際、いつも零していましたからね。とくに作家にとっては、教えるのはあまりにも意気消沈させられる仕事になってしまったって」

わたしの携帯が鳴った。すこしも急ぐ用事ではなかったけれど、時刻を見てちょっぴり不安になった。ほかにやらなければならないことがあったわけではない。きょうは、このほかには予定は入れていないのだから。しかし、もう半時間も経ち、わたしたちのカップは空になっているのに、自分がここで何をしているのかわからなかったからだ。わたしは彼女がなにかしらこれという話題を持ち出すのをずっと待っていた。冒頭から持ち出すにはデリケートな話題。わたしのほうからはもっと切り出しにくいようなこと。なぜなら、わたしは彼女がどう思っているのか、どこまで知っているのかさえ知らないのだから。たとえば、あなたから〝愛しい人《ディア》〟と呼ばれた学生たちが抗議したこと。あなたはそれを彼女には内緒にしていたかもしれない。そうしてももっともな理由はいくつも考えられるのだから。

学生たちは問題を上手に処理した、とわたしは思う。彼女たちが抗議の手紙を送ったのはあなたに、あなたにだけだったのだから。

先生はたぶんそれがすてきなことだとお考えなのでしょう、とその手紙には書かれていた。しかし、それは屈辱的なことであり、不適切です。やめるべきだと思います。

あなたはそのとおりにしたが、不機嫌な顔をせずにはいられなかった。まったく無害な口癖で、むかしからずっとそうしていたのに——もう何十年になるだろう？　たぶん、教えはじめてからずっとなのだ。そのあいだ、だれからも一度も文句を言われたことはなかった。それがいままでは、全員が――クラスの女性全員が(たいていのライティング・クラスがそうだが、このクラスもほとんどが女子学生だった)――手紙にサインをするなんて。もちろん、あなたはみんながグルになって目の敵にしたのだと感じていた。

なんとけち臭い根性なんだ、そうは思わないかね? こういうこと全体がなんとばかげた、狭量なことだとは思わないかね? こういうものを自分自身の言葉で書いたというならまだしもだが!

それはわたしたちが口論した滅多にない機会のひとつだった。

わたし:いままでだれもなにも言わなかったからといって、だれも不服に思っていなかったとは限らないわ。

あなた:しかし、なにも言わなかったのなら、不服はなかったんだ。違うかね?

愚かにも(軽率だったことをわたしは認める)、わたしは何年も前におなじプログラムで教えていた有名な詩人の話を持ち出した。彼のクラスに出ようとして競争していた学生たちを選ぶとき、容貌《ルックス》で学生を選ぶため、本人が女子学生に面接することを要求して、しかも、まんまとそれをやりおおせたのである。

あなたの頭が爆発するのではないかと思った。それこそまったく見当違いの比較というものだ! あなたがそれに類することをしたかもしれないと仄めかすなんて、いったいどうしてそんな口がきけるんだ。

すみませんでした。

けれども、長年のあいだにあなたがやってきたのは、学生や元学生たちと次々と色恋沙汰を引き起こすことだった。

そうして悪いという理由はどこにもない、とあなたは考えていた。(「よくないことだと思っていたら、やろうとはしなかったろう」)そのうえ、それを禁じる規則もなかった。そうであるべきなんだ、とあなたは言った。教室は世界中でいちばんエロティックな場所だ。それを否定するのは、幼稚なことだ。ジョージ・スタイナーを読むがいい。『師弟のまじわり』を読んでみるがいい。わたしは――あなたの師のひとりで、あなたが崇拝し、敬愛していた――ジョージ・スタイナーを読んだ。『師弟のまじわり』を読んだ。そこからの引用。「秘められたものであれ、公然としたものであれ、夢想にすぎないものであれ、現実の行為を伴うものであれ、エロティシズムは教えることから切り離せない……。この根源的な事実がセクシュアル・ハラスメントという強迫観念によって矮小化されている」

言わなかったこと。わたしは偽善者だった。あなたから愛しい人《ディア》と呼ばれたとき、わたしはぞくっとしたもので、わたしたちのどちらもそれを知っていたのである。

そして、あなたの指摘を認めよう。あなたを誘惑したのが学生のほうだったことも一度や二度ではなかった。

しかし、初めのころ、あなたの誘惑を撥ねつけたひとりの女性が、外国からの留学生がいたことを思い出す。その後、彼女は、その罰として、当然Aのところを A マイナスの成績をつけられたと抗議した。結局、あきらかになったのは、その学生は成績に不服を申し立てる常連だということだった。彼女の訴えについて調査した委員会は、Aマイナスはむしろ疑わしいほど甘い採点だという結論をくだした。それでもやはり、教師と学生のあいだの恋愛関係は公的には禁止されていないとはいえ、あなたの行動は社会的良識と健全な倫理的判断力が欠如していることを示しており、とうてい受けいれられるものではないということだった。

それは警告だったが、あなたはそれを無視した。そして、それだけで済んでしまった。

あなたが変わるまでには長い年月がかかった。つまり、歳を取らなければならなかった。

あなたは五十を超えたばかりだった。体重が十キロちかく増えた。のちにはまた減ることになったけれど、しばらくはそのままだった。すでにほろ酔い加減でバーにやってくると、あなたは完全に泥酔して、なにもかもぶちまけた。わたしはやめてほしいと思っていた。あなたが女の話をするのはいやだった。いまさらもう嫉妬からではなかった。誓ってもいいが、わたしはあなたのそういう部分とはずっと前から折り合いをつけていた。いやだったのは、あなたのために恥ずかしい思いをすることだった。わたしにはなにもできないことをあなたは知っていたけれど、それでもわたしに傷口を見せなければ気が済まなかったのである。たとえ、そのために醜態を演じるはめになったとしても。

彼女は十九歳と半年だった――〝……と半年〟に意味があるくらい、まだ若かった。彼女はあなたを愛していなかったが、それは耐えられることだった（ほんとうのことを言うと、あなたにはそのほうが都合がよかった）。耐えがたかったのは、彼女があなたを欲しがらないことだった。

ときには欲望があるようなふりをするが、けっして本気ではなかった。ほとんどの場合、彼女はふりをすることさえ面倒がった。じつは、彼女にはセックスはどうでもよかったのである。あなたといっしょにいるのはセックスのためではなかった。自分がしたいと思うセックスは、あなたもよく知っているように、ほかの場所で手に入れていた。

いまでは、それはひとつのパターンになっている。あなたと喜んで寝る若い女は、あなたを駆り立てるのとおなじ欲望を共有しているわけではなかった。彼女たちを駆り立てるのはナルシズムであり、権威ある地位にある年上の男をひざまずかせるスリルなのだ。

その十九歳と半年はあなたを手玉に取っていた。クイ、クイ、こっちよ——いいえ、あっちよ、先生。

世界でいちばん大きな力をもっているのは若い女だ、とあなたは好んで言ったものだった（たしか、だれかの引用だったと思うけれど）。それがほんとうかどうかは知らないが、どんな力のことを言っているのかはだれにでもわかる。

相手かまわずセックスをするというのが、むかしからあなたの第二の天性だった（あなたの前には、あなたの父親もそうだったらしい）。そして、あなたのルックス、言葉の才能、BBCアクセント、自信にあふれた風采をもってすれば、自分が惹かれる女を惹きつけるのは訳もないことだった。

愛情生活の激しさは仕事の役に立つどころか、不可欠なのだ、とあなたは言った。バルザックは情熱的な一夜のあと、これで本を一冊失ったと嘆き、フローベールはオーガスムは創造的エネルギーを枯渇させる――生活より仕事を選ぶことは人間として耐えられる最大の禁欲を意味する――と主張した。それはそれで面白い話だが、じつのところ、ばかげた考えでしかない。そんな不安に根拠があるとすれば、修道僧がこの世でいちばん創造的な人間になるはずじゃないか、とあなたは言った。それに、結局のところ、多くの偉大な作家は同時に偉大な女たらしだったか、少なくとも強烈な性的欲求をもっていたことが知られている。人はふたりの人間のために書く、とヘミングウェイは言っている、とあなたは言った。まず自分自身のために、それから愛している女のために。あなた自身も、たくさんいいセックスをしていたときほど、いいものを書いていた、とあなたは言った。あなたの場合、新しい恋愛のはじまりがしばしば創造活動が旺盛だった時期と重なっている。それがあなたの浮気の口実のひとつだった。わたしは行き詰まっていて、しかも締めきりがあるんだ、とあなたは言ったことがあった。冗談めかすことさえせずに。

女を追いまわすことであなたの人生にもたらされる面倒事は、すべてそれだけの価値があるものだ、とあなたは言った。もちろん、あなたは本気で変わろうと考えたことはなかった。

変化が――あなたがどう言おうと言うまいと――訪れるにちがいないということについては、あなたはあまり心配してはいないようだった。

ある日、ホテルのバスルームで、あなたはショックを受けた。シャワー室のドアのちょうど向かい側に全身鏡があった。中年男としては、それほど醜いわけではなかったが、浴室の煌々たるライトのなかでは、現実は否定できなかった。

それは女を興奮させる体ではなかった。

力強さはすでに消え去り、二度と取り戻せないだろう。

それは、とあなたは言った、いわば去勢されたような感覚だった。

しかし、それが歳を取るということなのではないか？　スロー・モーションでの去勢。（これはあなたから聞いたのか、それとも、あなたの本で読んだことがあったのか？）

女を追いかけまわすことがあまりにも生活の一部になっていたので、それなしでどうなるのか、あなたにはほとんど想像もつかなかった。それがなければ、あなたはどんな人間になってしまうのか？

だれか別の人間に。

いいや、だれでもない人間に。

かといって、あなたはまだあきらめる気になったわけではなかった。ひとつには、いつだって娼婦はいるのだから。学生をベッドに連れこむのもやめたわけではなかったし。結局のところ、若い女にとっては、三十の男でさえすでに峠を越していることを、あなたは知らなかったわけでもないのだから。

しかし、いまになって初めて、相手が受けいれる——仕方なしに受けいれる——なんの欲望もなしに受けいれる結合で満足しなければならなくなった。

もうひとつの鏡。J・M・クッツェーによる『恥辱』。あなたの——わたしたちの——お気にいりの作家の、わたしたちのお気にいりの作品。

デヴィッド・ルーリー。同い年で、おなじ仕事で、おなじ性癖。おなじ危機。小説の冒頭で、彼は年配の男の避けられない宿命——だと彼が思っているもの——を説明する。〈夜中に洗面台のなかのゴキブリを見て身震いするみたいに〉売春婦が身震いする客の同類になること。バーで、酔っ払って、いまでは涙もろくなって、自分のベイビーにキスしようとしたら、彼女がどんなふうに身をちぢめて避けたかをあなたはわたしに説明した。首が痙《つ》った、と彼女は言いわけしたのだという。

どうして会うのをやめようとしないの、とわたしは言った——なかば機械的に。というのも、それよりはるかに屈辱的なことがあっても、やめられるはずがないことをわたしはよく知っていたからだ。

デヴィッド・ルーリーは自分の不面目な状態——もはや性的な魅力はないのに、依然として性欲に身もだえしている——に怖れをなすあまり、ふと去勢することを考えたりする。医者に頼んでやってもらうか、さもなければ、なにかの教科書を参考にして、自分自身でやってみたらどうなのか。ほんとうにそれはいやらしい老人の痴態より嫌悪を催させることなのか？

そうする代わりに、彼はあえて自分の学生のひとりに襲いかかり、一気に恥辱へと飛びこんで、身を滅ぼしてしまう。

これはあなたが肌で感じながら読んだ本だった。

しかし、あなたはルーリー教授よりは運がよく、恥辱を味わわされることはなかった。きまりがわるいのはよくあることで、恥ずかしい思いをしたことも何度かはあったが、ほんとうに取り返しのつかない恥辱を被ったことはなかった。

妻1には持論があった。女たらしには二種類ある。女が好きなタイプと女を憎んでいるタイプ。あなたはこの前者のタイプだ、と彼女は言う。あなたのようなタイプには女はわりあい寛大で、理解があり、保護しようとさえする傾向があり、不当な扱いをされても復讐しようとすることはめったにない。

もちろん、男が芸術家だったり、と彼女は言う、そうでなくとも、ほかのタイプの高貴な職業に就いている場合は有利になる。

あるいは、ある種の無法者である場合には、とわたしは思った。とりわけ、そういうタイプの場合には。

Q　女たらしがどちらのタイプになるかは、何によって決まるのか？

A　もちろん、その人の母親よ。

しかし、あなたは予言した。このまま教師をつづけていたら、遅かれ早かれ、破局を迎えることになるだろう。

わたしもそれを怖れていた。あなたはわたしの知っている何人かのルーリーと同類の友人たちのひとりだった。仕事も、生計も、結婚生活も——なにもかも犠牲にする覚悟でいる、向こう見ずな、男根崇拝的な男たち。（なぜなのか、なぜそれに自分の人生を賭けたりするのかについては、わたしが思いつけるただひとつの説明は、男はそういうふうにできているのだということでしかなかった）

妻3はそういうことをどこまで知っていて、どのくらい気にかけているのか？

わたしには見当もつかないが、知りたいとも思わない。

まるでわたしが考えていたことを口に出したかのように、彼女は言った。「わたしがあなたとお話ししたかった理由ですが」彼女がそう言うのを聞くと、なぜか、心臓がドキリとした。「じつは、犬のことなんです」

「犬？」

「そうです。あなたに引き取っていただけないか、訊いてみようと思ったんです」

「引き取る？」

「飼っていただけないかと」

まさかそんなことを言われるとは想像してもみなかった。ほっとすると同時におなじくらい困惑した。それはできない、とわたしは言った。わたしのアパートでは犬を飼うことは認められていないから。

彼女は疑わしそうな顔をした。それから、あなたにはそのことを言ってなかったのかと訊いた。どうだったかしら、とわたしは言う。覚えていないわ。

ちょっと間を置いてから、あなたがどうやってその犬を手に入れたか知っているか、と彼女は訊いた。わたしはなぜかかぶりを振って、すでに知っていた顚末をあらためて彼女に語らせた。あなたが犬を手元に置くことに決めたときには、大喧嘩になった。立派な犬だった——そんなふうに捨てられた哀れな犬を憐れまずにいられるだろうか？　しかし、彼女は犬が好きではなく、飼ったこともなかった。それに、この犬は——悪い犬ではなかったし、実際、とてもいい犬だったけれど――あまりにも場所を取りすぎる。彼女は――たとえば、あなたが旅行に出かけているあいだなどにも――責任は取りたくないと言って、拒否したのだった。

「だれか引き取ってくれる人を見つけてほしい、とわたしは彼に懇願しました。そのとき、あなたの名前があがったんです」

「そうなんですか？」

「そうです」

「でも、わたしはなにも聞いていませんが」

「ほんとうは自分で飼いたかったからでしょう。最後には、わたしは根負けしてしまったけれど、それまでにあなたの名前が何度か出てきました。彼女はひとり住まいだし、パートナーも、こどもも、ペットもいない。ほとんど家で仕事をしているし、動物が好きなんだ――彼はそう言っていました」

「そんなことを言ったんですか？」

「わたしは嘘を言ったりはしません」

「いえ、そういう意味じゃなくて――ただ驚いたんです。いまも言ったように、わたしはなにも聞いていないし、その犬を見たこともないんですから。動物が好きなのはほんとうです。でも、犬を飼ったことはありません。猫だけです。わたしは猫好きなんです。いずれにしても、犬を引き取ることはできません。賃貸契約で禁止されているので」

「そうなんですか」彼女の声は震えていた。「それじゃ、どうすればいいんでしょう？」彼女はがっくりと肩を落とした。いろんなことがあったのだろう。

立派な純血種の犬を欲しがる人はたくさんいるにちがいない、とわたしは言った。

「そうかしら？　小犬だったら、そうかもしれないけど。でも、犬を欲しがる人はたいていもう飼っていますから」

親類に引き取ってくれる人はいないのか、とわたしが訊くと、彼女は苛立たしげな顔をした。

「息子夫婦は赤ちゃんが生まれたばかりで、巨大な見慣れない犬を家に置くことはできないんです」

義理の娘にもそれは不可能だという。「フィールドワークがものすごく多くて、きちんと決まった住所さえないくらいなんですから」

「だれかしらいるにちがいないわ」とわたしは言った。「まわりの人たちに訊いてみましょう」

だが、実際には、望みはあまりないと思っていた。たしかに彼女の言うとおりだった。犬を欲しがる人はすでに犬を飼っているし、思い浮かべられるかぎりの犬を飼っていない人は、少なくとも猫を一匹飼っていた。

「あなたのところにはどうしても置けないんですか？」とわたしは訊いた。そうすべきなのはあきらかだという自分の確固たる意見は口に出さずに。

「考えてはみたんです」と彼女は言ったが、わたしの耳にはあまりほんとうらしくは聞こえなかった。「ひとつには、永久にというわけではないんですから。グレートデンの寿命は短くて、六年から八年だというし、獣医の話では、アポロはもう五歳くらいなんですから。でも、わたしは初めから彼が欲しかったわけではないし、とくにいまは欲しくないんです。結局彼を手許に置くことになったら、それを恨みがましく思うのはわかっています。そんなふうには感じたくないんです。ずっとそんな気持ちをもちつづけるなんて、それでなくても——」あなたに対しては、と彼女は言いたかったのだろうが、口には出さなかった。「複雑な気持ちなのに、それをさらに複雑にしてしまいます。そんなことには耐えられません」

それは理解できるというしるしに、わたしはうなずいた。

「それに、わたしはもうすぐ退職するつもりです」と彼女は言った。「で、ひとりになったからには、もっと旅行をしたいと思っているんです。初めから欲しくなかった犬に縛りつけられたくはないんです」

わたしはふたたびうなずいた。その気持ちはよくわかったからだ。

老犬ホームはどうかと提案してくれた人がいたが、問い合わせたホームはどこにも長いウェイティング・リストがあった。あなたが愛した犬を他人に引き渡したり、動物愛護センターに連れていったりしたら、あなたがどう感じるかと思うと、心が痛む。「でも、そうするかもしれません。死ぬまでペットホテルに置いておくわけにはいきませんから。何といっても、お金がかかりすぎるし」

「ペットホテルに入れたんですか?」

「ペットホテルに入れました」わたしの声音に気色ばんで、彼女は言った。「ほかにはどうすればいいかわからなかったんです。彼が死んだことを犬に説明することはできません。ダディがもう二度と帰ってこないことを彼は理解できないんです。昼も夜も、ドアのそばで待っていました。しばらくは、なにも食べようとせずに。飢え死にするんじゃないかと心配になったくらいです。でも、もっと悪かったのは、ときどき遠吠えというか、悲鳴というか、何と言えばいいのかわからない声で啼くことでした。大きい声ではなかったけれど、奇妙な、幽霊かなにか、薄気味わるいものの声みたいでした。それを延々とつづけて、大好きなものをやって気をそらそうとしても、そっぽを向いてしまうんです。わたしに向かってうなったことさえありました。夜中に啼きだすこともあって、一度目を覚まされると、わたしはいくら眠ろうとしても眠れないんです。ただそこに横になったまま、頭がおかしくなるんじゃないかと思いながら、じっとそれを聞いているしかなかったんです。なんとか落ち着きを取り戻すたびに、ドアのそばで待っている姿を見せつけられたり、そんなふうに号泣したりするので、わたしはそのたびにまた泣きくずれてしまいました。だから、家から出ていってもらうしかなかったんです。そして、一度外に出してしまったいまは、もう一度家に連れ戻すのは残酷すぎる気がします。あの家で彼がもう一度幸せになれるとは想像もできませんから」

秋田犬、ハチ公の物語を思い出す。彼は東京の渋谷駅に毎日仕事から帰ってくる主人を迎えにいっていたのだが――ある日、その人が急死して、帰ってこなかった。だが、翌日も、またその翌日も延々と、十年ちかくのあいだ、彼はいつもの時刻に列車を出迎えるために駅に現れたのだという。

だれもハチ公に死を説明することはできなかった。できたのはそれを伝説にすること、記念に銅像を建てること、そして、それから百年ちかく経ったいまでも、依然として彼を褒め称えることだけだった。

信じがたいのは、ハチ公が世界記録の保持者ではないことである。イタリアのフィレンツェ近郊の町のフィードーという犬は、（第二次大戦の空襲で）亡くなった主人を、いつも仕事から帰ってくるバス停まで、十四年間毎日迎えにいっていたという。さらに、ハチ公以前にも、グレーフライアーズの番犬、ボビーの話がある。このスカイテリアは自分が死ぬまでの十四年間、一八五八年にスコットランドのエディンバラで亡くなった自分の主人の墓から、一夜として離れようとしなかったと言われている。

興味深いのは人々がこういう行為をいつも、極端な愚かさやなんらかの精神的欠陥ではなく、極度の忠実さの実例だと考えていることである。中国では、ある犬が主人の死を哀しんで身投げしたという報告もあるが、これは疑わしいと思っている。しかし、こういう話は、むかしからわたしが猫のほうを好む主な理由のひとつにはなっている。

「すこしのあいだだけ引き取っていただくのはどうかしら？　それでもとても助かるんですけど。しばらくなら、大家さんもダメとは言えないでしょうし」

問題は大家さんだけではない、とわたしは説明した。わたしのアパートはとても狭い。そんな大きさの犬は体の向きを変えることもできないだろう。

「でも、彼は番犬なのよ。もちろん、運動は必要だけど、ほかの品種の犬とは比べものにならないし、たとえ引き紐を外しても、そばから離れようとしないんです。それに、すぐにわかるけど、とても従順で、命令はすべて理解できるし、そうすべきでないときには吠えないし、ものを壊したりもしません。お漏らしをすることもないし、ベッドには近づこうともしないんです」

「それはそのとおりでしょうけど――」

「二、三カ月前に健康診断を受けたばかりで、ちょっと関節炎が――彼の年齢の大型犬にはよくあるんですが――あることを除けば、いたって健康です。言うまでもないけれど、予防接種はすべて済ませています。もちろん、大変なお願いだってことはわかっています。でも、あのかわいそうな犬をあのひどいペットホテルからなんとかして出してやりたいんです。だからといって、家に連れ戻せば、これから死ぬまでずっとドアのそばで待っているにちがいないし、そんなふうにさせたくはないんです。そうは思いませんか?」

そう、それはわたしもそう思う。わたしも胸が張り裂ける思いなのである。

死を説明することはできないのだから。

愛はもっと報われて然るべきなのだから。

2

彼はたいていはわたしを無視している。あたかもここに自分だけで暮らしているかのように。ときおりわたしと目を合わせるが、すぐに目をそむける。大きなハシバミ色の目はハッとするほど人間的で、あなたの目を思い出させる。いつだったか、わたしが旅行に出かけなければならなかったとき、猫をボーイフレンドに預けたことがあった。彼は猫好きではなかったけれど、あとでこんなふうに言った。猫がいてくれてどんなによかったかわからない。きみがいなくて寂しかったけど、猫がいると、きみの一部がここにいるような気がしたと。

あなたの犬といっしょにいると、あなたの一部がここにいるような気がする。

彼の表情には変化がない。グレーフライアーズの番犬、ボビーが主人の墓の上に横たわっていたときにも、こんな目をしていたのだろう。わたしはまだ彼が尻尾を振るのを見たことがない。（断尾はされていなかったが、耳はカットされていた——悲しいことにふぞろいで、片方の耳が

もう一方よりすこし小さかった。彼は去勢もされていた）

〈ベッドには近づこうともしないんです〉

ベッドにのったりしたら、と妻3は言った、〝降《ダウン》りろ〟と言うだけでいい。

ここでわたしと同居するようになって以来、彼は大部分の時間をベッドの上で過ごしている。

最初の日、アパート中の匂いを――本気で興味や好奇心があるわけではない、気のないやり方で――嗅ぎまわったあと、彼はベッドにのぼって、ドサリと巨体を横たえた。

〝ダウン〟という言葉をわたしは呑みこんだ。

そして、寝にいく時刻になるまで待った。それまでに、彼は粗挽きのシリアルのボウルをたいらげ、散歩に連れていかれるのを受けいれたが、そのときも外で起こっていることには関心がないか、気づいてすらいないようで、ほかの犬を見たときでさえ興奮しなかった。（反対に、彼はどこでも注目を集めずにはいなかった。見世物になっているという感覚、絶えず写真を撮られたり、しばしば行く手をさえぎられたりすることに慣れなければならないのだろう。体重はどのくらい？　どのくらい食べるんですか？　乗ってみたことがありますか？）

彼は荷を引く家畜みたいに、首を垂らして歩く。

家に戻ると、ベッドルームに直行して、ベッドにドサリと横たわった。

〈悲嘆による心身の消耗〉というのがわたしの考えだった。というのも、彼はそれを理解しているにちがいないと思うからだ。彼はほかの犬たちよりも頭がいい。あなたがもう帰ってこないことを知っているのだ。そして、自分があのブラウンストーンのアパートに二度と戻ることがないことも。

ときには、壁に向かって、長々と体を伸ばして横たわることがある。

一週間もすると、わたしは世話をしている人間というよりは看守のような気分になった。

初めての夜、自分の名前が呼ばれると、彼は大きな頭を持ち上げ、肩越しにぐるりと首をまわして、わたしを横目で見た。わたしがベッドに近づくと、彼をどかすつもりでいるのはあきらかだったのだろう、彼は考えられないことをした。怒ったようにうなったのである。

わたしが怖がっていないことを知ると、人々は驚いた顔をする。次はうなるだけでは済まないかもしれない、とは考えなかったのか？

そのとおり。わたしは一度も考えたことがなかった。

だが、古いジョーク〈体重五百ポンドのゴリラはどこで眠るのか？〉（答えは「どこでも好きなところで」）のもじりが頭に浮かんだことはあった。

犬を飼ったことはない、とわたしが妻3に言ったのは一〇〇パーセントほんとうだとは言えない。一度ならず、わたしは犬を飼っている人といっしょに暮らしたことがあったからだ。そのうちひとつのケースでは、犬はグレートデンとジャーマンシェパードの交雑種だった。だから、わたしはまったく犬に、大型犬に、こういう犬種に馴染みがないわけではなかった。もちろん、犬という種族はわたしたち人間という種族が大好きだということを、わたしが知らないわけではない。たとえみんながみんなハチ公やその仲間ほど極端ではないにしても。犬が忠誠心の権化であることを知らない人がいるだろうか？　しかし、この人間に対する忠誠心こそ、本能的であるあまりそれに値しない人間にまで惜しげなく捧げられるこの忠誠心こそ、わたしがどちらかというと猫を好む理由だった。わたしにはむしろ自分がいなくてもやっていけるようなペットのほうがよかった。

アパートのサイズについてわたしが妻3に言ったことは、一〇〇パーセントほんとうだった。かろうじて四十五平米あるかどうかなのである。ほぼおなじ広さの部屋がふたつ、それにキチネットと、あまりにも狭く、アポロが一度入ったら馬房《ストール》みたいに後ずさりして出なければならないバスルーム。ベッドルームのクローゼットには、数年前に妹が来たときに買ったエアマットが入れてある。

目を覚ますと、真夜中だった。ブラインドはあけっ放しで、月は高く、あふれんばかりの月明かりで、大きなキラキラ光る目と湿った黒いプラムみたいな鼻が見えた。彼の息の刺すような匂いが漂う霧のなかに、わたしはじっと仰向けに横たわっていた。長い時間が流れたような気がした。数秒ごとに、彼の舌からわたしの顔に滴がしたたり落ちる。しまいには、男のこぶしほどもある巨大な足を彼はわたしの胸のまんなかにのせて、そのままにした。ひどく重たかった（城門のノッカーを思い浮かべてみてほしい）。

わたしはしゃべらなかった。身動きもせず、手を伸ばして愛撫しようともしなかった。わたしの心臓の鼓動が彼にも感じられるだろう。この犬が体全体でわたしにのしかかってくるかもしれないという恐ろしい考えが浮かんだ。ラクダが噛みつき、蹴飛ばして、体の上に坐りこみ、飼い主を殺してしまったというニュースを思い出した。そのラクダを引き離すため、救助隊員はピックアップトラックにロープをつないで引っ張らなければならなかったという。

ようやく、足が持ち上がった。すると、次は鼻で、それをわたしの首に押しつけてきた。気が変になりそうなくらいくすぐったかったが、必死に我慢した。まず頭から首まで、それから体全体の輪郭に沿ってクンクン嗅いで、ときおりグイッと押しつけてくる。わたしの体の下のなにかを取ろうとするかのように。最後に、ものすごいクシャミをひとつすると、もとどおりベッドに横になって、わたしたちはまたいっしょに眠りこんだ。

毎晩、おなじことが繰り返された。何分かのあいだ、わたしは強烈な好奇心の対象になる。けれども、昼間は、彼は自分だけの世界に入りこみ、ほとんどわたしを無視している。これはいったいどういうことなのか？　そういえば、むかし飼っていたなかに、けっして抱かれたり膝にのせられたりさせない猫がいた。そのくせ、夜になると、わたしが眠るやいなや、わたしの腰の上にのって、そこで眠るのだった。

やはりほんとうだったのは、わたしのアパートの建物では犬は禁止されていることだった。思えば、契約書にサインしたときには、そんなことはすこしも考えていなかった。引っ越してきたとき、わたしには猫が二匹いて、そのうえ小犬を飼おうなどとは夢にも思わなかったからである。大家はフロリダに住んでいるので、一度も会ったことがない。管理人は、おなじ大家が所有する隣の建物に住んでいる。ヘクターはメキシコから出てきた人で、あとでわかったのだが、わたしがアポロを連れてきた日には、兄弟の結婚式のためにメキシコにいた。そこから帰ってきた日に、彼は散歩に出かけようとしているわたしたちに出くわした。わたしはあわてて説明した。飼い主が突然死んで、わたしのほかにはだれも犬の世話をする人がいなかったからで、ほんのしばらくいるだけだと。これまで三十年以上も、自分が――教員としての仕事のために――この町に住んでいなかった期間でさえ、手放さないように気をつかってきた、家賃制限付きのマンハッタンのアパートを失うリスクを冒すようなことをしているというよりは、ずっともっともらしい説明だ、とわたしには思えたが。

そういう動物はここでは飼えないんですよ、とヘクターは言った。たとえ一時的でも。

ある友人が法律のことを教えてくれた。借家人が三カ月以上アパートで犬を飼っていて、その期間内に大家が借家人を立ち退かせる行動を起こさなければ、借家人はその犬を飼いつづけることができ、それを理由に立ち退きを迫られることはないのだという。なんだか信用できないような気がしたが、事実、それがニューヨーク市のアパートにおける犬に関する法律だった。

ただし、条件があった。犬の存在を公にして、隠していないこと。

言うまでもないが、この犬を隠しておける可能性はまったくなかった。わたしは一日に数回散歩させており、彼は近所の驚異の的になっていた。これまでのところ、おなじ建物の住人はだれも文句を言っていなかった。初めて見たときには、少なからぬ人たちが驚いたし、なかにはじじり後ずさりする人もいたので、ある女性が狭いエレベーターにいっしょに乗るのを拒否してからは、いつも階段を使うことにしていたけれど。(六階からの階段をドタドタ下りていく姿は滑稽だったが、彼が優雅に見えないのはそのときだけだった)

よく吠える犬だったら、いくらでも苦情が来たにちがいないが、彼は驚くほど――心配になるほど——静かだった。初めのうち、わたしは妻3から聞かされた遠吠えを心配したが、いまだに一度も聞いていない。遠吠えとペットホテルに追いやられたことの関連を理解したからかもしれない、とわたしは思った。ちょっと無理のある考えかもしれないが、もはや遠吠えをしないことが、あなたに再会することをあきらめたのだろうとわたしが思う理由のひとつだった。

そういう動物はここでは飼えないんですよ。（いつも〝そういう動物〟だった。ひょっとすると、犬だと知らないのかと思うこともある）報告しなければなりません。

アポロはベッドに近づかないように訓練されていると言ったとき、妻3が嘘をついていたとは思わない。環境が完全に変わっても彼自身は変わらずに適応できる、と彼女は考えていたのだろう。それが間違っていたことがわかっても、わたしはすこしも驚かなかった。

息子が猫のふけのアレルギーになって、飼い主が手放さざるをえなくなった猫がいた。恒久的な引取先が見つかるまで、その猫はいろんな家をたらいまわしにされた（わたしの家もそのひとつだった）。二、三回目の住み替えまでは大丈夫だったが、さらにもう一度引っ越しさせられると、その猫はもはやもとの猫とおなじ生きものではなかった。まったく始末に負えない状態になり——引き取ってくれる人が見つかりそうもなかったので、もとの飼い主は安楽死させるしかなかった。

彼らは自殺することはないし、泣くこともない。だが、ボロボロになることはありうるし、現実にある。身を裂かれるような思いをすることもありうるし、現実にある。頭が変になることもありうるし、現実にある。

ある夜、家に帰ってくると、机の椅子が横倒しになり、机の上にあったものの大半が床に散らばっていた。彼は山ほどの紙を嚙みくだいていた。(学生たちには、犬があなたたちの宿題を食べてしまった、とわたしは正直に言えるだろう）授業のあと、もうひとりの教師と飲みにいって、ちょっと遅くなってしまったのである。留守にしたのは五時間くらいだったが、そんなに長く放っておいたのは初めてだった。寝椅子のクッションのスポンジ状のはらわたが床中にまき散らされ、コーヒーテーブルに置いてあったクナウスゴールの分厚いペーパーバックがボロボロになっていた。

オンラインのグレートデン・グループと連絡を取ればいい、と人々は言う、そうすれば、だれか引き取ってくれる人が見つかるだろう。だが、いまのところを追い出されたら、あなたが家賃を払えるアパートは見つからないだろう、この町では。そんなルームメイトといっしょでは、どこへ行っても見つからないかもしれないけれど。

わたしは『名犬ラッシー』や『名犬リンチンチン』のような場面を空想せずにはいられなかった。家に押し入ろうとしている強盗をアポロが撃退するとか。炎のなかに跳びこんで、閉じこめられている住人を救出するとか。管理人の娘にいたずらをしようとしている男から救うとか。あの動物はいつになったら出ていくんですか？　ここにずっといることはできないんですよ。わたしは報告しなければなりません。

ヘクターは悪い人ではないけれど、いつまでも我慢してくれるわけではない。言わなくてもわかっているが、なにしろ仕事を失うかもしれないのだから。

わたしの状況にもっとも同情的な友人は、ニューヨークの家主が借家人を追い立てるまでにはかなり時間がかかるものだと請け合ってくれた。一夜のうちに通りに放り出されるなんてことはない、と彼は言う。

ここまで読んできた人たちのなかには、ひょっとすると、犬になにか悪いことが起こるのではないかと心配する人もいるだろう。

グーグルで検索すると、グレートデンは犬のなかのアポロン神として知られていることがわかる。あなたはそれでこの名前を選んだのか、それとも偶然の一致なのかはわからないが、ある時点で、おそらくわたしとおなじように、その事実を知っただろうと思う。その後、わたしは犬やほかのペットの名前としてアポロはめずらしくないことも知ることになったけれど。

その他の事実。この犬種の正確なルーツは知られておらず、いちばん近い関係があるのはマスティフだと考えられている。デーンというのはデンマーク人という意味だが、じつはデンマークとはなんの縁もない。ビュフォンという十八世紀のフランスの博物学者が、勘違いしてグレート・デーンと名づけたらしい。英語圏ではその名前が残ったが、この犬種ともっとも関係の深いドイツでは、ドイチェ・ドッゲまたはジャーマン・マスティフと呼ばれている。

オットー・フォン・ビスマルクはグレートデン《ドッゲ》を熱愛し、〝赤い男爵〟と呼ばれた撃墜王、フォン・リヒトホーフェンは二人乗りの愛機に愛犬を乗せて飛んでいた。グレートデンは初めはイノシシ狩りのため、のちには番犬として飼育された。体重九十キロ、後肢で立ち上がれば身長二メートルを超えるサイズにもかかわらず、獰猛さや攻撃性ではなく、むしろやさしさ、冷静さ、感情的な傷つきやすさで知られている。（もうひとつのもっと親しみのもてる呼び名は〝やさしい巨人〟である）

あらゆる犬のなかのアポロン神。あらゆる神々のなかでもっともギリシャ的な神として知られる神の名前。

わたしはこの名前が気にいっている。だが、たとえきらいだったとしても、変えようとは思わないだろう。わたしが名前を呼んで、彼が応える――もしも応えるとすればだが――とき、彼はその名前にというよりは、わたしの声や声の調子に応えているのだとわかっているにもかかわらず。

ときどき、ふと、意味もなく、彼のほんとうの名前は何なのだろうと考える。実際、彼はこれまでにいくつもの名前で呼ばれてきたはずなのだ。そもそも、犬の名前にどんな意味があるのだろう？　たとえ名前をつけなくても、彼らにはどうでもいいのだろうが、わたしたちはなにか足りないものがあるように感じるだろう。名前がないの、と迷い猫を飼うことにしたある人が言う。だから、ただ〝子猫《キティ》ちゃん〟て呼んでいるの。それも名前ではあるけれど。

わたしが好きなのは、T・S・エリオットよりずっと先に、サミュエル・バトラーが言った言葉だ。想像力のいちばんきびしいテストは猫に名前をつけることである。

そして、あなたの（笑《LOL》）をさそうアイディア。いっそのこと猫にはすべて〝パスワード〟という名前をつけたらどうだろう？

ペットに名前をつけることに強く反対する人たちがいる。動物を〝ペット〟と呼ぶこと自体をきらう人たちと同類である。彼らは〝飼い主《オーナー》〟という言い方もあまり好きではなく、〝主人《マスター》〟と聞けば憤激する。彼らが不快に感じるのは支配という観念、人類がアダム以来神から与えられていると主張する動物に対する支配権で、その結果、人はむかしから動物を奴隷以下の状態に置いている、と彼らの目には映るのである。

わたしは犬より猫のほうがいいとは言ったが、それは猫が犬より好きだという意味ではない。どちらもおなじくらい好きなのだ。ただ、犬の忠誠心にはいたたまれない気分にさせられるし、多くの人とおなじように、そもそも動物を支配するという考えに抵抗があるのである。犬の飼い主を奴隷の主人みたいなものだと言うのは滑稽だとしても、ほかの家畜動物と同様、犬が人間に支配され、使役され、人の望むことをするように飼育されてきた事実に目をつぶるわけにはいかないだろう。

だが、猫はそうではない。

だれでも知っていることだが、できたての土から神が造った動物たちにアダムが最初にやったことは、それぞれに名前をつけることだった——彼らに対する支配の最初のしるしである。アダムが名前をつけるまでは、動物たちは存在しなかったという説もある。


アーシュラ・K・ル＝グウィンによるある物語では、はっきりとは書かれていないが、アダムのパートナーのイヴにちがいない女が、アダムがやったことを取り消そうとする。動物たちにアダムから与えられた名前を捨て去るように勧めるのである。（猫はそもそも名前なんかもらった覚えはないと主張する）すべての名前が消し去られると、彼女にはようやく違いが感じられるようになる。壁が取り払われ、動物たちと彼女自身との距離が近くなって、あらたな一体感が、平等感が生まれる。彼らを分け隔てる名前がなければ、狩りをする者と狩られる者、食べる者と食べられる者の区別はなくなる。そこから必然的につづく次のステップは、イヴがアダムとその父からもらった名前を返上して、アダムのもとを去り、名前のない状態を受けいれて、支配から解放されたほかのみんなに合流することである。ただし、イヴにとってだけは、そうすることでもうひとつ放棄しなければならないものがあった。アダムと共有していた言葉である。しかし、そもそも彼女がそういうことをした理由のひとつは、いくら言葉で話し合っても埒があかなかったからなのである。

彼は早い時期に服従訓練を受けたことがあるにちがいないと獣医は言っている、と妻3は言った。彼の行動から判断すれば、人間にもほかの犬にも馴れていたはずで、深刻な虐待を受けた兆候はない。それに反して、この耳は、どこかのヘボ医者に任せたのだろう、左右がふぞろいなだけでなく、どちらも短く切りすぎている。巨大な頭の上のこの尖った小さな耳が、帝王らしさを損うマイナスポイントになって、実際よりみすぼらしい見かけになり、ドッグショーの出場資格が取れないであろういくつかの理由のひとつになっているという。

いったいどうして、清潔で栄養状態もよく、首輪も名札もない状態で、公園に放置されていたのか、説明できる人がいるだろうか？　こういう犬は、なにかきわめて異常なことでもないかぎり、飼い主のもとから逃げ出したりはしない、と獣医は言う。にもかかわらず、だれも名乗り出ないばかりか、それ以前にこの犬を見かけたという人さえいない。ということは、かなり遠くから来たことになるだろう。盗まれたのか？　かもしれない。存在した記録がまったくないように見えることには、獣医はすこしも驚かなかった。わざわざ鑑札を申請しなかったり、純血種の場合には、ＡＫＣ（アメリカン・ケネル・クラブ）へ登録しようとしない飼い主はいくらでもいるのだから。

飼い主が失業して、餌や獣医の費用を払えなくなったのかもしれない。それまでずっと飼っていた人がいきなり放り出して、自力で生きていくように仕向けるとは信じがたかった。けれども、それはあなたが思っているより頻繁に起きている、と獣医は言う。あるいは、実際に盗まれて、のちに見つかったのだが、それがわかると飼い主は考えを変えたのかもしれない。あの犬がいないほうが生活しやすい。これからはだれかほかの人に面倒をみてもらうことにしよう！　そういう例もすでに見たことがある、と獣医は言った。（じつは、わたしも見たことがある。もう何年も前のことだが、わたしの妹夫婦が田舎にセカンドハウスを買うことにした。売り主はフロリダに移住することになっていて、雑種の老犬を飼っていた。小犬のときから家族同様に育ててきたのだ、と売り主は妹夫婦に紹介した。ところが、妹夫婦がそこに引っ越したとき、がらんとした家のなかに置き去りにされたその犬が待っていたのである）

もしかすると、アポロの飼い主は死んだのかもしれない。そして、そのあと引き取っただれかが彼を捨てたのかもしれない。

彼がどこから来たのか、わたしたちが知ることはまずないだろう。けれども、あなたはこんなふうに言ったものだった。あなたが顔を上げて、彼を見たとき、夏空を背景にした堂々たる姿を目にしたとき――その瞬間があまりにも胸をわくわくさせ、超自然的だったので、ほとんど魔法の力でそこに現れたと思いたくなるほどだったと。アンデルセンの童話に出てくるあの巨大な犬みたいに。

3

自分が知っていることについて書くよりは、むしろ自分が見たものについて書け、とあなたは言っていた。自分はごくわずかなことしか知らないし、物の見方を身につけないかぎり、多くを知ることはできないと考えろ。見たものを記録するために、たとえば町に出かけるときにも、ノートを持ち歩け。

わたしはずっと前にどんな種類のノートも日録もつけるのをやめてしまった。最近は、町に出るとよく目にするのはホームレスの人たち、あるいは、ひどく貧しそうに見えるのでホームレスなのだろうと思われる人たちだ。とはいっても、そういう人たちが携帯電話を持っているのもいまではめずらしくないし、わたしの思い違いでなければ、ペットを連れている人たちも増えているような気がするが。

ブロードウェイのアスター広場で、いろんな持ち物に取り囲まれて、ぽつんと犬だけが坐っているのを見た。ぎっしり詰まったバックパック、数冊のペーパーバック、魔法瓶、マットレス、目覚まし時計、それにいくつかの発泡スチロールの食品容器。その光景が耐えがたいほど痛々しく見えたのは、そこに人間がいないからだった。

建物の入口に大の字になって、小便を漏らしている酔っ払いがいた。Tシャツに〈わたしは自分自身の運命の建築家である〉と記されていた。その近くにいた物乞いは〈わたしもかつてはひとかどの人間だった〉という手書きのカードを掲げていた。

本屋で。この本やあの本に手をのせて、それ以上はなにもせずに台から台へと歩きまわっている人がいた。そういうやり方でどんな本を選ぶのか知りたくなって、しばらくあとについて歩いてみたが、その人はなにも買わずに店を出ていった。

見たわけではないが、数分前に通りの角を曲がっていたら、見たはずのもの。オフィスビルの窓から跳びおりた人がいた。わたしが通ったときには、遺体に覆いがかけられていた。あとでわかったのは、五十代後半の女性だということだけだった。晴れた秋の日の、正午ちょっと前で、混雑した通りの一画だった。どうやってだれにもぶつからない瞬間を選んだのだろう、とわたしは思った。それとも、彼女は……わたしたちは……ただ幸運だっただけということなのか？

コロンビア大学のフィロソフィー・ホールの落書き：よく調べてみたら、人生にはたいした価値はなかった。

アッパー・イースト・サイドの会員制クラブでの文芸賞授与式。わたしは五番街駅で地下から地上に出た。クラブは六ブロック先にある。やはり地下鉄から出てきたふたり組が目に入った。六十代とおぼしき女性に、その半分くらいの歳の男が付き添っている。そのふたりはその近くの無数の場所のどこに向かっていてもおかしくないのだが、ふと、自分とおなじところへ行くような気がした。そして、実際、そのとおりだった。彼らのどこがそう見えたのか？　わたしにはわからない。文学界の人間がどうしてそうだとわかるかは謎である。チェルシーのレストランで、三人組のブースの横を通ったときもそうだった。そのなかのひとりが、ニューヨーカー誌に寄稿するなんてたいしたものだ、と言うのが聞こえる前からすでに、わたしにはそれがわかっていた。

郵便物のなかに、小説の見本刷りと編集者からの手紙があった。この処女小説が見かけによらず深い作品だと——わたし同様に——感じていただければ幸いです。

講義のためのメモ。

すべての作家は怪物である。アンリ・ド・モンテルラン

作家は常にだれかを売り渡している。（書くことは）攻撃的、敵対的でさえある行為で……隠れたいじめっ子の悪巧みなのである。ジョーン・ディディオン

どんなジャーナリストでも……自分がやっていることが倫理的に弁明の余地がないことを……知っている。ジャネット・マルコム

それなりに有能な作家ならだれでも、人が読むことを学んだせいで被ったダメージを多少埋め合わせる以上のことをやっているのは、文学のごくわずかな一部でしかないことを知っている。
レベッカ・ウェスト

文学という悪癖にはどんな治療薬もないのだろう。この悪癖に苦しんでいる人々は、もはやそこからどんな快楽も引き出せないという事実があるにもかかわらず、そこから抜け出そうとしない。W・G・ゼーバルト

本屋で自分の著書を見ると、彼はいつもなにかの悪事をまんまとやりおおせたような気分になった、とジョン・アップダイクは言っている。

善人はけっして作家になろうとはしない、とも。

自己不信の問題。

羞恥心の問題。

自己嫌悪の問題。

あなたはかつてこんな言い方をした。自分の書いているものにつくづく嫌気がさして、やめようと決心するんだが、しばらくするとまた、どうしようもなくそれに惹きつけられている。いつも思うんだよ。まるで〈犬が自分の吐いたものに惹きつけられるみたいなものじゃないか〉ってね。

何を教えているのかと訊かれたとき、とわたしの同僚のひとりは言う、きまり悪い思いをせずに〝ライティング〟とは答えられない。

オフィス・アワー。その学生は自分の生活のなかのある事実について、でも、先生はすでにそれを知っていると言った。いいえ、とわたしは言った、知りません。すると、彼は困惑した顔をした。それはどういうことなんですか？　先生はわたしの物語を読んでいないんですか？　わたしはフィクションを自伝的なものと決めてかかることはしないと説明した。なぜ自分自身のことを書いているとわたしにわかるはずだと思ったのかと訊くと、その学生は途方にくれた顔をして言った。ほかのだれのことを書けばいいというんです？

回顧録を書いている友人が言った。一種のカタルシスとして書くという考えは大きらいだ。なぜなら、それでいい本が書けるとはとても思えないから。

書くことで深い哀しみが癒やされると期待することはできない、とナタリア・ギンズブルグは警告する。

それなら、どんな哀しみも、それを物語にするかその一部始終を語ることで耐えられるものにできる、と信じているイサク・ディネセンを頼りにしよう。

〈わたしは自分に対して、精神分析医が患者にすることをしたのではないかと思います。とても長いあいだ、心の深いところに巣くっていた感情を表現したのです。それを表現することを通じて、その意味をあきらかにして、それを埋葬したのです〉ウルフは母親について書いたことを言っているのである。十三歳（母親が死んだ年）から四十四歳になるまでずっと取り憑かれていた母親へのさまざまな思いについて。四十四歳になったとき、〈あきらかに自分の意志ではない、激しい必要性に駆られて〉彼女は『灯台へ』を書いた。すると、取り憑かれていたものから解放されたのだった。〈もう母の声は聞こえなくなり、姿が目に浮かぶこともなくなりました〉

Q　カタルシスの効果は書いたものの質によって左右されるのか？　本を書くことがカタルシスになるのなら、それがいい本かどうかはどうでもいいのではないか？

わたしの友人も母親について書いているところである。

作家たちは好んでミウォシュの言葉を引用する。〈家族のなかに作家が生まれたら、その一家はおしまいである〉

自分の小説で母親のことを書いてからというもの、母はけっしてわたしを赦さなかった。

というより、たとえば、トニ・モリソンによれば、実在の人間に基づく登場人物は著作権の侵害なのだ。人生はその人のもので、と彼女は言う、他人がフィクションに使うためにあるわけではないのだから。

わたしがいま読んでいる本のなかで、著者は言葉の人間と握りこぶしの人間を対比させている。言葉も握りこぶしになることがないかのように。しばしば握りこぶしになっていないかのように。

クリスタ・ヴォルフの作品の主要テーマのひとつは、だれかについて書くことはその人を殺すことになるのではないかという怖れである。だれかの人生を物語にしてしまうのは、その人を塩の柱に変えてしまうようなものではないか。自伝的な小説のなかで、彼女は何度も繰り返して見たこども時代の夢のことを語っている。そのなかで、彼女は母と父について書くことで彼らを殺してしまうのである。彼女は生涯、作家であることの羞恥心につきまとわれていた。

ウルフが自分自身にしたことを、実際、どれだけの精神分析医が患者にしているのだろう。多くはないにちがいない。

フロイトの思想の誤りを暴くことはいくらでもできる、とあなたは言った。しかし、彼が偉大な作家でなかったとはだれも言えないだろう。

フロイトというのは実在の人物なんですか？　と学生が質問するのを聞いたことがある。作家のスランプ《ライターズ・ブロック》という言葉を思いついたのは、もちろん、精神分析医だった。エドマンド・バーグラーは、フロイトとおなじく、オーストリア系ユダヤ人で、フロイト理論の信奉者だった。ウィキペディアによれば、すべての神経症の根本的な原因はマゾヒズムであり、人間の人間に対する残酷さより悪いものはただひとつ、人間の自分自身に対する残酷さだと彼は信じていた。

（しかし、女流作家の場合には、それが二倍になる、とエドナ・オブライエンは言う。女のマゾヒズムに作家としてのマゾヒズムが加わるからである）

人身売買の被害者のための治療センターでライティングのワークショップをやってみないかと言われた。そう言ってきたのはわたしの知人、というよりはむしろ、むかしの知人だった。大学時代に友だちだった人である。当時は、彼女も作家になりたがっていた。しかし、その代わりに、彼女は心理士になり、過去十年間、マンハッタンからバスですぐの大きな精神科病院に付属する治療センターで働いている。彼女が担当している女性たちはアート・セラピーへの反応がよかった（その後、その絵を見せてもらったが、わたしはひどく心を搔き乱された）。ライティングは、たとえばＰＴＳＤ（心的外傷後ストレス障害）のある復員軍人など、ほかのトラウマの患者にも非常に効果があるようなので、人身売買の被害者にはもっと効果があるかもしれないというのが彼女の考えだった。

わたしは引き受けることにした。ひとつには地域奉仕活動として、また古い友人のために、そして、ひとりの作家として。

数カ月前に、夏の作家集会《サマー・ライターズ・カンファレンス》のワークショップで教えた、グロテスクなピアスと刺青をした若い女を思い出した。フィクションのワークショップだったが、彼女が書いたのはむしろ自伝――あるいは、自伝小説、私小説、実録小説、何と呼んでもいいが――に近く、性的人身売買の被害者になった少女、ラレットの一人称での物語だった。

彼女の書いた作品は主に三つの理由でいいものだった――感傷的でなく、自己憐憫もなく、ユーモアのセンスがあったからである（ユーモアなんてありえないと思うかもしれないが、たとえどんなに暗いテーマにせよ、どこかしらコミカルなところのないすぐれた作品があるかどうか考えてみるがいい。わたしたちが人を信用できると感じるのは、その人がユーモアのセンスをもっているときだ、とミラン・クンデラは言っている)。それは信じられないと思われるのを避けるためには表現を和らげなければならないような人生の記録だった(作家がどんなに頻繁にそうしているかを知れば、読者は驚くことだろう)。彼女は二年のあいだ全寮制の回復支援ホームで暮らして、薬物依存や、羞恥心や、ヒモ――彼女の体の三カ所にその名前が刺青されていた――のところに逃げ帰りたいという誘惑と戦った。その後、コミュニティ・カレッジに入って、そこで初めてライティングのコースを取ったのである。

わたしが知り合った多くの人たちと同様に、彼女も書くことで命を救われたと信じていた。自助努力の一環としての書くことについては、あなたはむかしから懐疑的で、よくフラナリー・オコナーを引用したものだった。一般大衆のために書くのは、才能のある人だけがすべき仕事である。

しかし、書いているものを自分だけのものにしておきたいと考える人はどんなにめずらしいことか。そして、いかに多くの人たちが、自分が書いているものは一般大衆に読まれる価値があるばかりか、それで名声が得られると思っていることか。

人々は間違った方向に向かっている、とあなたは考えていた。彼らが探し求めているもの――自己表現、仲間、人との結びつき――はほかの場所のほうが見つかる可能性が大きい。合唱やダンスのグループ。キルト作りの会。むかしはみんなそういうところへ行ったものだ、とあなたは言った。書くのはむずかしすぎる！　作家になりたい人間は〈孤独〉という一語を旗印にしなければならない、とヘンリー・ジェイムズは言っているし、書くという行為は挫折と屈辱の連続である、とフィリップ・ロスは言い、それを野球になぞらえて、〈いつも三分の二は失敗なのだ〉としている。

それが現実だ、とあなたは言った。しかし、だれもが書くことに狂奔する現代では、現実はとうに見失われている。いまやだれもがトイレに行くようにだれもが書こうとしており、〝才能〟などという言葉を聞けば、多くの輩が銃に手を伸ばすだろう。自費出版が盛んになったのが悲劇だった。それは文学の死を、つまり、文化の死を意味していた、とあなたは言った。たしかにギャリソン・キーラーの言うとおりだ。だれもが作家であるときには、だれひとり作家ではない（しかし、これこそまさにあなたが警戒しろと言っていた類の言いまわしではないか。ちょっと気のきいた言い方に聞こえるが、よく考えてみると、ボロボロくずれ落ちてしまう）。

これは人が思うほど新しいことではない。

〈物を書いて、出版させるのはどんどん特別なことではなくなっていく。わたしだって書けるんじゃないか、とだれもが考えている〉

そう書いたのはフランスの批評家、サント＝ブーヴだった。

一八三九年のことである。

それでも、あなたは治療センターで教えることに反対はしなかった。ひどく気が滅入るかもしれないが、面白くなくはないだろう。

実際、それについて書いてみるべきだと言ったのはあなただった。

センターの女性たちは日記をつける《キープ・ジャーナル》ことを推奨されていた。あるいは、わたしの友人の心理士の言い方を借りれば、日記する《ジャーナル》ことを。日記は個人的なものになる、と彼女は言った。女性たちのなかには、書いたものをだれかに読まれるかもしれないと心配する人たちがいたので、そういうことは絶対にないと請け合わなければならなかった。だれにも読まれることはないから、彼女でさえそれを読むことはないのだから、完全に自由に、自分の好きなことを書いていいのだと。英語が外国語である人たちには、母語で書けばいいと提案した。

なかには、自分が使っていないときには、日記を注意深く隠す女性もいたし、いつも自分で持ち歩いている女性もいた。書いたものをすべてただちに、ではなくても、すぐあとで破り捨てたがる人もいたが、それでもかまわない、と彼女は言った。

女性たちは毎日、少なくとも十五分間、長々と考えこんだり、ほかのことに気を取られたりしないようにしながら、すばやく書くように言われた。彼女たちはセンターから与えられたノートに筆記体で書いた（注意を集中するためには筆記体のほうがよく、個人的なことや秘密のことは空白のページより罫線入りのページのほうが書きやすいという研究結果を、わたしの友人は信じていた）。

もちろん、日記をつけることを拒否する女性たちもいた。

忌まわしい体験をあらためて思い出させるなんて、と憤慨したのとおなじ女性たちだった。彼女たちがどんな目に遭ってきたかを理解する必要がある、と彼女は言う。ほとんどの女性にとって、虐待は人身売買ではじまったわけではなく（〈わたしは生まれたときからずっと暴力を受けてきたのだと思います〉）、なかには、自分の家族によってわざと危険な場所に追いやられたり――文字どおり売りとばされたり――した女性たちもいる。いまは虐待されていないからといって、痛みが消えたわけではないのだ。ある時点で、わたしはいつも質問する。自分に起こりうる最良のことは何か？　すると、いちばんいいのは死ぬことだ、といったい何人が答えることか。

だが、うれしそうに日記をつける女性たちも何人かいて、彼女たちはしばしば毎日十五分よりはるかに長く書きつづけた。そういう女性たちにワークショップに参加するチャンスを与えてやりたい。ただ書くだけでなく、書いたものを参加者同士や指導者と分かち合える安全な場所を提供してやりたい、とわたしの友人は考えたのだ。参加者は全員が英語を母語としているわけではないが、ある程度のレベルの英語が書けると考えてもらっていい、と彼女は言った。ただし、英語を母語とする者たちでさえ、自分たちの文章力を心配していて、とくにスペリングと文法には神経質になっている。だから、日記の場合とおなじように、スペリングや文法にはまったく気をつかわないように言ってある。

だから、その種の間違いは無視してほしい、と彼女は言った。あなたにとって、そうするのは容易いことではないだろうけど、この女性たちはすでに十分自尊心の問題を抱えているので、書こうという気持ちをしぼませたくはないのだと。

わたしはエイドリエン・リッチの――ニューヨークのシティ・カレッジの自由参加プログラム

で、ある学生が書いた数行を取り入れた――詩を思い出した。〈人々は貧困でおおいに苦しんでいる……その苦しみのいくつかをあげれば〉

わたしの友人は女性たちが描いた絵のいくつかを見せてくれた。首のない遺体、燃えさかる家々、獰猛な獣の口をした男たち、陰部や心臓を突き刺された裸のこどもたち。

彼女は女性たちの何人かが証言したテープも聴かせてくれたが、それを聴くと絵がいちだんと生々しいものになった。

女性たち、とわたしはいつも言っているけれど、じつは、多くはまだ少女にすぎず、しかも、いちばん悲惨なのがそういう少女たちの場合なのだ、とわたしの友人は言った。たとえば、先月、ある家から救出された十四歳の少女は、地下室の簡易ベッドにずっと鎖でつながれていた。性的虐待が監禁と重なるとき、被害はもっとも深刻になる。いまのところ、この少女は言葉を話せない。発声器官には――少なくとも医師が認めることのできる――異常はないが、少女はまったくしゃべろうとしない。こういう心身症的症状――口がきけなかったり、目が見えなかったり、体が麻痺していたり――がときおり見られるのだという。

『リリア 4-Ever』というスウェーデン映画を見てほしい、とわたしはこの友人から言われた。じつは、もう何年も前に、その映画が公開されたとき、わたしはすでに見ていたのだが、当時は実話に基づく作品だとは知らず、その映画についてはほとんどなにも知らなかった。おなじ監督の前作が気にいっていたし、すぐ近くで上映されていたので、とっさの思いつきで見にいったのである。どんな映画かを知っていたら、見にいく気にはならなかったかもしれないけれど。実際のところ、それは忘れようとしても忘れられない映画になり、それから十年以上経ったいまでさえ、思い出すために見直す必要はなかった。

リリアは十六歳の少女で、旧ソ連のどこかの侘しい公営団地で母親と暮らしている。彼女は自分と母親とそのボーイフレンドがみんなでアメリカに移住することになっていると信じているが、いざそのときになると、リリアはひとり置き去りにされてしまう。しかも、住んでいた部屋は薄情な叔母に乗っ取られ、薄汚い穴蔵のような場所に移ることを強要される。見捨てられた、一文なしのリリアは、売春婦に身を落とすしかなかった。

周囲の人間たちには残酷さと裏切りしか期待できないことを、彼女は学んでいく。ただひとりの例外がヴォローディアという二、三歳年下の少年だったが、この少年は酔っ払いの父親に虐待されている。少年はリリアを慕っており、父親に家から追い出されると、この少年と仲よくなっていたリリアは、自分といっしょに住まわせてやる。ふたりの浮浪児は数少ない幸せな瞬間を分かち合うが、リリアの暮らしの大部分は暗鬱なものでしかなかった。

そこへひとつの希望が生まれる。アンドレイという、やさしい声の、ハンサムな、若いスウェーデン人の男のかたちをした希望。リリアはたちまち彼に恋をする。自分の助けがあれば、スウェーデンに移住して、新しい生活をはじめられる、とこの男はリリアに言う。彼女はそうすることがヴォローディアにとって何を意味するかを知っているにもかかわらず、このチャンスに飛びつかずにはいられない。実際、この世でただひとりの友だちが出発してしまうと、ヴォローディアは自殺してしまうのだった。

映画のなかでは、その後も、ヴォローディアは天使になって現れるのだが。

リリアがひとりで（アンドレイはあとから来るという約束だった）スウェーデンに到着すると、空港には彼女の世話をしてくれるはずの男が迎えにきている。少女は車で新しい住処に、通りを見下ろす高層アパートの一室に連れていかれ、そこに監禁されてしまう。ラプンツェル、ラプンツェル。そして、まず最初にその男に強姦されてから、リリアの新しい暮らしがはじまる。来る日も来る日も――じつにさまざまな年齢やタイプの――客の手に引き渡されるのだ。そういう客たちのだれひとり、この少女があきらかにまだ年がいかないことや、あきらかに意に反してやっていることが、自分の欲望を遂げる妨げになるとは考えもしない。いや、それどころか、少女は性奴隷になるためにこの地上に生まれてきたかのように振る舞うのだった。

初めて逃げようとしたとき、リリアは捕まって、ひどく殴りつけられる。二回目のとき、彼女は高速道路の陸橋にたどり着く。女性警察官というかたちの救いの手が近づいているにもかかわらず、リリアはパニックに襲われて、跳びおりてしまう。

跳びおりたあと、この少女の遺体から自分で書いた数通の手紙が発見され、その生と死に基づいて『リリア 4-Ever』が製作された。こうして少女の生涯が知られることになったのである。

わたしがひとりで、近所の小さなアートシアターで、その映画を見たのはウィークデイの午後だった。観客はほんの一にぎりだった。覚えているのは、映画のあと、劇場を出るまえに、自分の気分が落ち着くのを待たなければならなかったことである。それは屈辱的な感覚だった。わたしの数列前の席に、やはりひとりで来ていた女性がいて、その人はすすり泣いていた。わたしがようやく出てきたときにも、彼女はまだそこに坐ったまま、依然として泣いていた。わたしは彼女の分まで屈辱を感じた。

わたしの友人によれば、『リリア 4-Ever』は、人道支援団体や人権団体、少女が人身売買の被害に遭いやすい地区の学校などで、よく上映されているという。映画を見るように言われたモルドバ人娼婦のグループの反応〈残酷さが足りない〉というのが、だった。

わたしにとって、それ以上にショッキングだったのは、この映画の監督が言っていることだった。神がリリアの面倒をみてくれた(ヴォローディアと同様に、彼女も死んだあとスクリーンに天使として現れる)と信じている、と彼は言っていた。そういう信念がなければ、自分はこの映画をつくれなかっただろうし、たぶん自殺するしかなかったろう。

そういう信仰をもたない人たちは、神がこの世のリリアたちの面倒をみてくれるとは一分たりとも信じられない人たちは、どうすればいいと彼は考えているのだろう?

わたしの友人は言った。リリアのスラムに幽閉されている人たちみたいに、不平等と搾取の犠牲にされてきた人々のあいだには、たがいに相手を虐待するやり方について、ある種の了解があり、赦しあってさえいるのかもしれない。だが、裕福な北欧の福祉国家の特権的な国民の汚らわしい行為は、そんなふうには受けいれがたいということなのだろう。

むかし、ある雑誌で、十代の娼婦の小屋の外で長蛇の列をつくっている男たちの写真を見たことがある。わたしがよく覚えているのは、その男たちにはふだんと違うところはすこしもなかったことだ。何人かは煙草を吸っていた。こっちの男は腕時計を見ているし、向こうの男は空を見上げていて、新聞を読んでいる男もいた。その場全体に、退屈さを我慢している雰囲気が漂っているのだった。バスを待っているか陸運局（ＤＭＶ）で自分の順番を待っているかのように。

わたしの友人はもうひとつのケースのことも話してくれた。このケースでも、医師たちは、患者がふつうに話すことを妨げる障害や病気は発見できなかったが、その女はしゃべろうとしなかった。ところが、日記をつけるように勧められると、彼女はそれに夢中になり、一週間で一山のノートを埋め尽くした。驚くほど縮こまった、それ以上は想像もできないほど小さい文字だった。彼女が必死に書きなぐる様子は、見ているだけでも恐ろしかった。手が腫れあがり、指には水ぶくれができて出血したが、それでも彼女はやめようとしなかった——やめられなかった。見せようとしなかったので、何を書いていたのかは、結局は、わからなかった、と友人は言った。大部分が繰り返しや意味のないことだったとしても、わたしは驚かないだろう。さいわいなことに、薬物療法が役に立って、その狂気じみた書く行為は止まり、彼女はふたたび話すようになった。

ラレットによれば、彼女もやはり口がきけない時期を通過していた。話そうとすると、まるで目に見えない手で首を絞められるかのように、喉が締めつけられて痛んだのだという。

〈痛みを我慢して、必死に話そうとしても、口から洩れるのはせいぜい喘息のネズミみたいな、乾いたキーキーいう声で、みんなに笑われるだけでした。それがひどく恥ずかしくて、わたしは話そうとしなくなりました。伝えたいことがあるときには、なにかに書いたり、手ぶり言語みたいなものを使ったり、口を単語の形に動かしたりしたんですが、そうしているあいだにもずっと喉に痛みがありました〉

セラピーのなかで、彼女は長年のあいだ考えたことがなかったある出来事を思い出した。それは彼女ができるだけ考えないようにしていた祖母にまつわることだった。ラレットが十歳のとき、母親がボーイフレンドに刺し殺され、父親は現れなかったので、彼女は祖母に引き取られた。絶望的なメタドン常習者になりつつあったこの祖母を、ラレットは〝わたしの最初の奴隷所有者〟と呼んでいる。

〈わたしを初めて男たちに売ったのはこの祖母だった。わたしたちはキッチンのテーブルに坐っていたのを覚えている。と、祖母は立ち上がって、冷蔵庫のところへ行った。そして、フリーザーをあけて、アイスキャンデーを取り出すと、包装紙を剝がして、ふたつに折った。わたしの好きなチェリー味だったのを覚えている。祖母はその片方をわたしの口に突っこんだ。よく見ているんだよ、と言って、残りを自分の口に入れると、しゃぶりはじめたのだった〉

これはラレットが本に入れるかどうか迷っていたシーンのひとつだった。あまりにもわざとらしく聞こえるのを怖れたのである。彼女はそれを何度も削除しては、またもとに戻し、それからまた削除した。

作家で、ときどき性労働者《セックスワーカー》として生計を立てていた別の女性を、わたしは知っている。売春婦はすべてVOT（人身取引被害者）と見なすべきだという最近の考え方に、彼女は反撥している。彼女自身のように、自由意志でみずから進んで働く者と奴隷とはきちんと区別してほしい、と彼女は考えており、売春宿の手入れや、買春客のおとり捜査、買春客の氏名公開は彼女を憤激させる。白の騎士《ホワイト・ナイト》など要らぬお世話だ、と彼女は言う。わたしたち全員が救助を必要としたり望んだりしているわけではないことを、どうして信じようとしないのか？　まあ、そうは言っても、女が自分の体をどうするかは他人の知ったことではないということを、この社会は大昔からずっと受けいれられずにいるんだけど。

この女性が好んで話すのは、ドイツ占領中にドイツ軍将校と関係をもったことで、一九四五年に反逆罪で有罪判決を受けたフランスの女優、アルレッティのことである。彼女は自分を弁護して、〝わたしの心はフランス人だけど、お尻は国際人だから〟と言ったという。（じつは、このアルレッティの有名な警句には、別のもっと簡略なバージョンがあって、わたしの友人が好むのは〝わたしのお尻はフランスじゃないわ〟という言い方のほうなのだが）

大部分の女性がどれほどなにも知らないかにはほんとうに驚かされる、とこの友人のセックスワーカーは言う。自分の父親や兄弟、ボーイフレンドや夫を初めとして、ほとんどの男が売春婦と寝たことがあるという事実をまったく知らないのだから。ラレットもおなじことを言っていたし、セックスのために金を払ったことがない男がいるとは信じられない、と男たちが言うのを聞いたこともある。

最近のテレビのドキュメンタリー番組で、郊外のモーテルを根城にして働いていた元売春婦が、いちばん忙しいのは月曜日の午前中だったと言っていた。妻やこどもと週末を過ごしたあとほど、このビジネスは活況を呈するらしい。

いつだったか、わたしはその友人に、セックスワーカーとしての仕事は楽しいかと訊いてみた。イエスと答えるだろう、とわたしはほぼ確信していたのだが、彼女は聞き違いではないかと言いたげに、わたしの顔を見返した。そして、わたしはお金のためにやっているのだ。これっぽっちも楽しくはない。もしも書くことで生活できるなら、こんなことはしない。教えるよりこっちのほうが簡単だからやっているのだ、ということだった。

ワークショップで女性たちが書いたものはなにひとつ使わない、とわたしは約束しなければならなかった。それでも、友人の心理士は彼女とその仕事について書くことには同意してくれた。そして、あなたは、あなたらしい大らかなやり方で、たまたまランチをしていた編集者にそのアイディアを売りこんだ。それからまもなく、わたしは契約書と締めきりを手に入れた。

大学を卒業してからいくらもしないうちに、わたしの友人は数篇の短篇小説を発表した。掲載されたのは小規模だが権威ある雑誌で、かなり注目されている文芸季刊誌だった。短篇のひとつが賞を取り、その年のうちに、毎年有望な若手作家に与えられる大きな賞の候補になって、彼女はそれを受賞した。

その彼女がなぜ書くのをやめたのか、わたしは知りたかった。

やめようと決めたわけではない、と彼女は言った。ただ、そういうことになってしまったのだ。小説を書きはじめて、なかなか集中できなかった時期に、知り合いから瞑想を勧められ、それで仏教に入りこむことになった。州北部の修養所で一カ月瞑想のやり方を学んだのだが、それ以来ずっとつづけている。仏教と深い関わりをもつ作家が大勢いることはわたしも知っている――いまどき瞑想やヨガのようなものをやっていない人がいるだろうか？　瞑想が仕事の役に立つと言っている人たちがいることも知っている。でも、仏教を学びはじめて以来、それと作家になろうとすることとは矛盾する、とわたしは感じている。

それでも、それをはっきりさせるために、書くのをやめようと考えたことはない。そうする必要はないのだから。ひとつには、わたしは日記をつけているし――実際、日記を書くのは一種の瞑想みたいなものだと思う――、詩も書いている。毎日の仕事で目にすることにはひどく心を掻き乱されるが、詩が役に立つことに気づいたからだ。仕事についての詩を書くわけではないけれど。わたしの詩は世界の――たいていは自然の――美しさについて書いたものが多い。あまりいい詩でないのはわかっているし、人に見せるつもりはない。わたしにとって、詩を書くのはお祈りみたいなもので、お祈りは他人に見せるものではないから。

　わたしは完全に隠棲したいと思ったわけではなく、仏教の尼僧のようなものになるつもりもなかった。ただ、いま言ったように、作家になることには疑問をもつようになった。執着から自由になるという目標と文学的なキャリアを、どうすれば両立できるのかわからなかった。仏教の修養会を終えたあとすぐに、わたしは芸術家村に参加した――また小説を軌道に乗せたいと思っていたからだ。そこにいる人たち――わたしみたいにはじめたばかりの人たちもいたし、すでに実績のある人たちもいた――を見て、成功するためには、才能はもちろんだが、そのほかに何が必要なのかと考えたことを覚えている。成功するためには野心が、本気の野心が必要だったし、ほんとうにいい仕事をしたければ、自分を駆り立てなければならなかった。ほかの人たちがやったことを超えたいと思わなければならなかった。自分のやっていることがとてつもなく意味深く、重要なことだと信じなければならなかった。そういうすべてがじっと坐っているのを学ぶこととは矛盾しているような気がした。なにごとにもとらわれなくなることとは。

　書くことは競争ではないはずなのに、ほとんどの場合、作家たちはそう思っていないことがわかった。わたしが芸術家村にいたあいだに、作家のひとりが莫大な前払い金をもらって、それが『タイムズ』紙に報道されると、その夜の夕食の席で、その人が言った。これでわたしの最後のふたりの友人も離れていくだろう。もちろん、それは冗談だったけれど、だれかが大当たりすると、その人を引きずり下ろそうとするいろんな動きが出てくるようだった。

だれもがまず第一に考えているのはお金のことみたいで、わたしにはそれが理解できなかった。

いったいだれがお金のために作家になろうと考えたりするだろう？　わたしが初めてライティングのクラスに出たとき、教師が言ったことを覚えている。もしもきみたちが作家になるつもりなら、まず最初にやらなければならないのは貧しさに耐える覚悟を決めることだ。そう言われても、だれひとり顔色を変えなかった。

わたしが知っている作家は――つまり、その当時わたしが知っていたほぼ全員が――慢性的な欲求不満の状態だった。人々は四六時中、だれが何の賞を取ったとか、だれは落選したとか、そういうすべてがいかに不公平かを語っては、憤激していた。わたしはそれを見てひどく困惑した。どうしてそんなふうにせずにはいられないのか？　なぜ男という男がこんなにも傲慢で、多くの男が女を性的に食いものにしようとするのか？　なぜ女たちはみんなあんなに憤激し、鬱屈していなければならないのか？　実際、みんなが気の毒だと思わずにいるのはむずかしかった。

朗読会に行くと、わたしはいつも作家のために気恥ずかしい思いをせずにはいられなかった。そこにいる人になりたいかと言えば、正直なところ、すこしもそうは思えなかった。それはわたしだけではなかった。聴衆のなかのほかの人たちもおなじ居心地の悪さを感じているのがわかった。芸術は売春行為だとボードレールが言ったのはこういう意味だったのかと思ったことを覚えている。

そのあいだにも、わたしは依然として小説と格闘していた。それから、ある日、わたしはふと考えた。おまえがこの本を書かないとしてみよう。この世に小説をもたらしたがっている人たちはほかにも無数にいるではないか？　実際、もうすでに多すぎるほどの小説があるではないか？

わたしの小説がないとしても、それを気にする人たちがいると、わたしは本気で考えているのか？　たとえやらなくてもだれも気にしないとわかっていることをやるために、自分の人生を、このすばらしい、貴重な人生をつかってもいいのだろうか？

ちょうどそのころ、わたしはラジオである作家が話しているのを耳にした。だれだったかは覚えていないが、わたしにとっては、それは神であってもおかしくなかった。来年も驚くほど多くの短篇や長篇小説が発表されるにちがいないが、たとえその一年間に一篇のフィクションも発表されなかったとしても、この世界には基本的にはなんの影響もないだろう、と彼は言っていた。もちろん、それは事実ではなく、経済にはそうとうの影響が出るだろう。しかし、わたしには彼の言いたいことがわかったし、まるでわたしに向かって言っているように聞こえた。そのときだった。わたしが自分の生活を変えなければならないと考えたのは。

後悔することがないわけではない。わたしはただの根性なしで、怠惰で、臆病すぎるから、自分の夢を追いかけつづけられなかったのだ。そう思って、とても情けない気分になることもある。しかし、自分の決定が正しかった証拠が欲しければ、自分の読書を振り返ってみればよかった。わたしはむかしは無類の本好きだった。ところが、その後長年のあいだにだんだん読書には、とりわけフィクションには、興味がなくなってきた。わたしが毎日目にしている現実のせいかもしれない。架空の問題が詰めこまれた架空の人生を生きている架空の人々の物語には退屈するようになってしまったのである。

それでも、まだしばらくは、わたしはつづけていた。わたしはみんなが傑作だとか偉大な《グレート・》アメリカの小説《アメリカン・ノヴェル》だとかいう本を買ったが、半分は最後まで読めなかった。あるいは、最後まで読んだとしても、中身を覚えていなかった。たいていの場合、ほとんど本を閉じるやいなや忘れてしまうのだ。やがて、フィクションはほとんど読むのをやめてしまったけれど、物足りないと感じていない自分に気づいた。

もしもフィクションを書くことをやめなかったら、どうだったと思う、とわたしは訊いた。それでもやはりフィクションを読むことに興味をなくしてしまったのだろうか？

わからない、と彼女は言った。ただ、自分がいまやっていることをやっているほうが、あなたがやっていることをやっていた場合よりも、ずっと幸せだということはわかっている。

わたしの感情を傷つけることを怖れずに、こういうすべてを話せると彼女が感じたのは、わたしにとって光栄なことだったのかもしれない。

ライティング・プログラムを卒業した学生がやがて……書くことをやめる。あなたもわたしもそういうタイプをよく知っていた。どのクラスにもひとりはそういう学生がいた。むかしから不思議だったのは、なぜそれがしばしばいちばん有望な学生なのかということだった。（妻1がまさにそういうケースだった）

なにかひとつの物について書きなさい。あなたにとって大切な、あるいは大切だった物についいて。どんな物でもかまわないから、まずそれを描写して、それからなぜそれが大切なのかについて書きなさい。

ある女性は煙草について書いた。彼女はそれを自分の最良の友と呼んだ。八つのときから、煙草を吸いはじめたのだという。煙草がなかったら、けっしていままで生きてこられなかっただろう、と彼女は言った。ほかのどんなことをするよりも、わたしは煙草を吸いたいのだと。別の女性は自分の身を守るのに使ったナイフについて書いた。武器について書いたのは彼女ひとりではなかった。しかし、女性のうちの半数は人形のことを書いた。人形はひとつを除いてすべてが不幸な結末を迎えていた。なくなったり、壊れたり、なんらかのかたちで存在しなくなっていた。そういう運命を免れたただひとつの人形は、いまは秘密の場所に隠されていて、作者はいつかそれを取り戻したいと思っているが、ただそれだけで、それ以上はなにも言おうとしなかった。物を描写することになっているんだけど、とわたしが指摘すると、彼女はかぶりを振った。そんなことをすれば、人形に悪いことが起こるかもしれない。その人形はひどい目にあって、彼女は二度とふたたび会えないかもしれない、と彼女は言った。

毎週毎週、家へ戻るバスのなかで女性たちの物語を読んでいると、その全体がひとつの大きな物語のような、何度も繰り返されるおなじ物語のような気がしてきた。いつもだれかがたたかれ、だれかが痛めつけられていた。いつもだれかが奴隷みたいに、物みたいに扱われていた。

〈どんな痛みかといえば〉

いつもおなじ名詞――ナイフ、ベルト、ロープ、瓶、こぶし、傷痕、青あざ、血――であり、いつもおなじ動詞――無理強いする、殴る、鞭打つ、火傷させる、首を絞める、飢える、泣き叫ぶ――だった。

お伽噺を書きなさい。何人かの女性たちにとって、それは復讐を夢見るチャンスだった。またしても、いつもとおなじ暴力と屈辱の物語。いつもとおなじ語彙。

書くことはけっして無駄にはならない、とあなたは言った。たとえうまく書けなくて、破り捨てることになったとしても、作家はいつもそこからなにかしら学ぶのだから。

わたしが学んだのは、シモーヌ・ヴェイユの言ったとおり、〈想像上の悪はロマンティックで、変化に富んでいるが、現実の悪は陰気で、単調で、不毛で、退屈だ〉ということだった。

これが、あなたがまだ生きていたとき、わたしたちが話した最後のことだった。そのあとはEメールだけ、わたしのリサーチに役立つかもしれないとあなたが考えた本のリストを添付したEメールだけだった。そして、そういう時期だったので、よいお年をという挨拶。

4

そんなことはありえないような気がした。人間と犬の恋愛の回顧録なんて。

人間：J・R・アッカリー（一八九六〜一九六七）。イギリスの作家で、BBC発行の週刊誌『ザ・リスナー』の文芸編集主任。

犬：クイーニーという名のジャーマン・シェパード。十八カ月のときに、アッカリーが入手した。この当時、アッカリーは恐ろしいほど奔放な性的経歴をもつ中年の独身者で、パートナーを見つけることはすでにあきらめていた。

本：『愛犬チューリップと共に』。犬の名前を変えたのは、アッカリーは同性愛者《ゲイ》であることが知られていたので、〝クイーニー〟（オカマの意味もある）という名前には問題があると考えた編集者の案だった。

アッカリーのことを初めて聞いたのは、もちろん、あなたからだった。彼の書簡集が出版されたばかりで、彼の書いたものはすべてそうだが、これも十分に読む価値がある、とあなたが言ったのである。しかし、あなたが必読書だと言ったのは彼の回顧録だった。

適切な語調《トーン》を見つけることだ。そうすれば、どんなことについてでも書ける。その本を読んでいるあいだに、わたしは何度となくこの名言を思い出した。「犬のヴァギナや膀胱や肛門から出たり入ったりするものについて知りたいと思う以上のことが書いてある」とあるカスタマー・レビューは警告していた。実際、『愛犬チューリップと共に』の大部分はアッカリーが〝さかり〟と呼ぶものの話なのである。ときには、それが避けられないような気がして、覚悟しておいたほうがいいと思わずにはいられないが、実際には獣姦というような行為は起こらない。それでも、この関係に性的な要素がないと言えば嘘だろう。欲求不満の犬が絶えず押しつけてくる燃えるような陰部に憐れみから手でふれることがあったことは、アッカリー自身も認めている。

再読を考えるのは、それが大切な本だった場合にはとくに、大きなリスクを冒すことになる。再読には耐えられない可能性があるし、理由はともかく、初めのときほど愛せないかもしれないからだ。わたしの場合、よくそういうことがある(しかも、年を取るにしたがって増えていく)のだが、そうなると、手ひどく落胆するので、いまでは、むかしのお気にいりの本をひらくときは警戒せずにはいられない。

文体はじつにすばらしかったし、機知は鋭く、ストーリーはわたしの記憶よりもっと人の心をとらえて放さなかった。だが、なにかが変わってしまっていた。読み返してみると、わたしは作者に好感をもてなかった。というより、むしろ、少しばかり嫌悪さえ感じた。女性に対するこの敵愾心――わたしはそれを見逃していたのだろうか、それとも忘れていただけなのか？〈女は危険である。とりわけ労働者階級の女たちは……どんなことでもやりかねないし、けっして赦そうとしない〉

じつを言えば、アッカリーは人間があまり好きではないのだが、女嫌いははっきりしている。女は悪い。なぜなら女だからである。

ただひとつの例外はミス・キャンヴィで、この有能で思いやりのある獣医は、チューリップの行動問題の原因が心の問題だと即断した。〈この子はあなたに恋をしているんです。それは一目瞭然です〉

彼が愛犬に恋をしているという事実とおなじくらいに。だが、どんなに一目瞭然であるとしても、彼の愛犬の扱い方には愕然とさせられる。チューリップの行動問題は深刻である。じつに手に負えない犬なのだ。しつけが悪く、神経質で、興奮しやすく、ヒステリー状態にさえなるし、社会性がすこしもない。容赦なく吠えるし、嚙みつくのである。あまりにも行儀が悪いので、アッカリーの人間関係までぎくしゃくしている。友人たちは彼が愛犬をもっときちんと訓練しようとしないことに啞然としている。最初の飼い主のところで〝心《プシケ》に傷を負った〟せいだ。長時間放っておかれたり、たたかれたりしていたからなのだ、と彼は言う。だが、彼自身もしばしば激しく叱ったり、たたいたりせずにはいられない。そういう折檻は犬を混乱させるだけだと知っているにもかかわらず。

欲求不満と憤激と暴力（彼の言葉）。このパターンからけっして抜け出せないように見える。

チューリップがこどもを生んで、それでなくても混沌としていたアッカリー家の状態がさらに悪化すると、彼はときには小犬をたたいたりもする。

もっときちんと訓練すれば、チューリップは幸せな犬になり、(隣人たちの生活は言うまでもなく)アッカリー自身のそれもはるかに改善されるのに、と思わずにいるのはむずかしい。しかし、彼も動物を支配するという考えに抵抗を感じるひとりなのだ。チューリップは犬としての生活をフルに楽しまなければならない、というのが彼の揺るぎない信念だった。つまり、この犬はウサギを狩って、それを食べ、セックスをして、母親になる経験をしなければならないのである。しかし、一腹の小犬を産み落としたあとでさえ、彼は不妊手術を受けさせる決断をくだせない。〈こんなに美しい獣にどうして余計な手出しをすることができるだろう?〉適当な飼い主は見つからないとわかっている雑種の小犬たちの運命については、良心の疼きはあるものの、彼はたいして気にかけない。自分の愛犬の欲求がすべてなのだ。彼女のさかりはふたりの生活を目茶苦茶にするばかりか、ロンドンのその地区全体に大騒動を巻き起こすにもかかわらず。さかりのついていないときでさえチューリップがそうするように、つながれないまま外に出る犬がたくさんいるからである。

この犬の性的欲求不満の苦しみが、何ページにもわたって延々と描かれている。アッカリーはその苦しみを分かち合い、胸が張り裂けるような思いをするが、その苦しみはひとつのシーズンから次のシーズンへとつづいていく。それでも、彼は不妊手術を受けさせようとはしないのである。チューリップの生活のこの部分の描写があまりにも痛ましく、わたしは叫びたくなるほどだった。どうして余計な手出しをせずにいられるのか？

そういえば、この作品を絶賛したにもかかわらず、あなたはこういう生活に嫌悪感を抱かずにはいられなかった。自分にとっていちばん重要な関係が犬との関係であるような生活――それ以上に悲しいことがあるだろうか、とあなたは言った。しかし、アッカリーはだれもが熱望しながら、大部分の人が知ることのない、相思相愛の無条件な愛を心ゆくまで堪能したのではないか、とわたしには思える（自分のチューリップを見つけた人間がこれまでにいったい何人いただろう？　とオーデンは問うた）。十五年間の結婚生活、わたしの人生でもっとも幸せだった歳月、とアッカリーは言う。そして、末期の病の苦しみを見て、安楽死させずにはいられなくなったとき、彼は〈自分も殉死《サティ》する妻としていっしょに焼かれてもかまわないと思った〉と言う。しかし、そうはせずに、彼は生きつづけた。そして、書き、酒におぼれた。のろのろと過ぎていった暗鬱な六年間。彼は飲んで、飲んで、そして死んだ。


人間と犬。ほんとうにすべての始まりは、動物の専門家が考えているように、人間の母親が親をなくした狼の子を引き取って、赤ん坊といっしょに乳をやったことだったのだろうか？　これはローマの双子の建設者についての伝説ともぴったり符合する。生まれたときに捨てられたが、牝狼に温められ、乳を与えられたロームルスとレムス。

ここで一休みして、なぜ女たらしが狼《ウルフ》と呼ばれるのか考えてみよう。狼は忠実で、一夫一婦制を守る動物で、献身的な親であることが知られているにもかかわらず。
わたしが好きなのは、犬は人間たちを人間らしくする、というアボリジニの言葉だ。それと(だれが言ったのかは思い出せないが)、わたしが完全に人間ぎらいにならずに済んでいるのは、犬がどれだけ人間を愛しているかを見ているからだ、というのも。

全般的に匂いには過敏で、人間の体についてはは潔癖すぎるほどなのに、アッカリーはチューリップのどんな匂いも嫌悪することがない。肛門腺からの匂いでさえ嫌いではなく、糞をする姿さえかわいいと思っている。

排泄の習慣についてはセックス・ライフほど詳しく書かれてはいないが、それでもかなりの分量になる。しかも、その微に入り細を穿つ描写が……

〝液体と固体〟というのがその章のタイトルである。

わたしはいつもアポロに紐をつけて散歩しているが、アッカリーとまったくおなじように、犬が——とりわけ大きな犬が——通りで用を足しているとき車に轢かれるのではないかと心配せずにはいられない。具合が悪いことに、アポロはしばしば危険なくらい縁石から離れた場所にうずくまるのだ。わたしは、アッカリーのように、アポロに歩道を使わせることで問題を解決することはできない。アッカリーとはちがって、わたしはいつも入念に後片づけをしているにしても。わたしの解決法は、アポロが危険なほど縁石から離れた場所に位置したときには、やってくる車と彼のあいだに自分自身を置くことである。そんなことをすれば、こんどは自分を危険にさらすことになるのはわかっているが、人間ならドライバーはもっと気をつけるだろうと、無邪気にというわけではないが、考えているのである。マンハッタンの運転手は忍耐強いほうではなく、迷惑をかけられた人々の多くは悪態をつくが、多くの歩行者とおなじように、ともかくスピードを落として、マジマジと見つめる人たちがいることもわかっているからである。

『そぞろ歩きの流儀』のなかで、あなたは言っている。犬を連れて長時間散歩しても、それは純粋なそぞろ歩きとは見なせない。なんの目的もないぶらぶら歩きとおなじではない。犬に気をつけなければならず、完全にうわの空になるわけにはいかないからだ。最近では、アポロを散歩させる時間があまりにも長いので、わたしが自分ひとりで散歩に出かけることは想像もできない。けれども、わたしがうわの空になったり、物思いにふけったりできないのは、彼がひどく人目を惹くからである。いつだってわたしは他人の注目を浴びたくないと思っているが、用を足すときプライバシーがないのが――アポロはすこしも気にしていないが――わたしにはなかなか辛いのだ。最悪なのは、後片づけをしているときにジロジロ見られることで、なかにはそれを面白がる人たちもいることである。彼のすぐ横にわたしがバケツとシャベルを持って立っている（このこと自体を人々はひどく面白がる――わたし自身としては、こどもの砂遊び用のバケツにビニール袋をかぶせたものと庭仕事用の小さなシャベルを使うという思いつきにはけっこう満足していたのだが）のが目に入らないかのように、彼の糞のサイズについて論評したりするのである。

気の毒だね、と（ニヤニヤしながら）言う人もいるし、わたしも犬は好きだけど、あなたがやっているようなことはとてもできないと言う人もいる。

なかには、こんな大きな犬を所有していることを窘《たしな》めて、町なかは大型犬がいるべき場所じゃないと言う人もいた。

かわいそうだわ、とある女性は言った。こんなに大きな犬をアパートに閉じこめておくなんて。

あら、でも、きょうだけなのよ、ここにいるのは、とわたしは高らかに宣言する。あしたはまたお屋敷に戻る予定だから。

（そう、もちろん、いい人たちもいる。とりわけ、犬を連れている人たちがそうだし、余計な世話を焼かない人たちや、好ましい、親切な、知的な言葉をかけてくれる人たちも大勢いる。けれども、だれもが知っているように、好ましいことは、それについて書いても読んでもすこしも面白くないのである）

液体。何リットルも迸り出るのを見ていると、大半の牡犬みたいに片肢を上げないことに感謝したい気持ちになる。さもなければ、車のホイールキャップではなく、ウィンドウまでびしょ濡れにしかねないのだから。

固体。これ以上言う必要はないだろう。

さらに、液体と固体の中間のものがある。大型犬の呪いである。一日中何度も彼の顔を拭いてやる必要がある。甲板のモップ掛け、とわたしは呼んでいるけれど。

それまでの獣医に連れていくとなると、彼をブルックリンまで運んでいく方法を見つけなければならない。だから、その代わりに、家から歩いて行ける場所に獣医を見つけた。この獣医はアポロには親切だが、わたしは警戒心を抱いている。女には低能に話すように、年配の女には耳の遠い低能に話すようにするタイプの人だからである。

ドッグパークのなかでさえ、アポロはすこしもほかの犬と遊ぼうとしない、とわたしが言うと、まあ、彼はもうそんなに若くはありませんからね、と彼は言った。あなただってもうむかしのように走ったり、跳びはねたりはしないでしょう。

アポロの身の上話をすっかり聞いたあとで、彼は肩をすくめた。いつでもペットを捨てる人たちはいますからね。飼い主のために死んでもいいと思っているのは犬たちのほうで、その逆ではありませんから（アッカリーを読んでいないのはあきらかである）。離婚率を見れば、人間の忠誠心がどの程度のものかわかるんじゃありませんか、と人を落ち着かない気分にさせる口調で、彼は言った。

苛立ちやすい獣医が多いのは、この仕事をやっていると、ありとあらゆる人間の愚かさ――その多くは犬の擬人化というかたちを取る――を見せつけられるからだろう、とあるときだれかが言った。むかし、わたしの猫はいつも喉を鳴らしているから、満足しているにちがいないとわたしが言ったら、目を天井に向けた獣医がいた。猫が喉を鳴らすのは、ただ音を出しているだけで、満足しているわけではありません、と彼はピシャリと言ったものだった。

アポロの健康状態は年齢にしてはかなりいいが、長生きはできないでしょう、とこっちの獣医はにべもなく言った。この関節炎の状態からすれば、彼自身も長生きしたいとは思っていないでしょうが、何はともあれ、体重だけは増えないようにしてやってください。

下手くそな断耳のやり方を見て、この獣医はかぶりを振り、ほかにもどんなところがアポロをこの犬種の完璧にはほど遠い見本にしているかを指摘した。後半身と比べて胸と肩幅が広すぎる。首の毛色が完璧な白ではなく、黒い斑の分布も満遍なく広がっているわけではない。両目の間隔が近すぎるし、顎は張りすぎていて、肢はやや太すぎる。力強い体軀ではあるが、全体的にずんぐりしていて、本物の優雅さに欠けている。

この犬が以前の飼い主の死を悼んでおり、度重なる環境の変化で情緒が不安定になっていることを、この獣医はすんなりと認めた。（そして、あなたならどんなふうに感じると思いますか、と不作法にもわたしに訊いた。あたかもそれが、わたしには思いも及ばない考えででもあるかのように）彼が吠えることや、最近ではあらたなひどい症状がそれに取って代わったように思えることをわたしは説明した。アポロはときおり一種の発作に襲われるようになったのである。まるで泥酔しているかのようにあたりを見まわし、尻尾をだらりと垂らして、あたかも自分の体をできるだけ小さくしようとしているかのように、ドアのなるべく近くに――伏せはせずに――しゃがみこむ。それから、ブルブル震えだして、数分から長いときは三十分も、体を縮めたまま震えつづけるのである。

だれが見ても、なにか恐ろしいことが起きるのを予感して怯えているのだと思うだろう、とわたしは獣医に言った。それを見ていると、わたしはひどく落ち着かない気持ちになり、ときには泣いてしまうこともあるのだが、それは言わずに。

犬の不安や鬱を治療するための薬もあるが、この獣医はそれを使うことは好まなかった。薬の効果が出るまでに何週間もかかり、結局はなんの効果もないこともよくあるので、と彼は言った。

それは最後の手段に取っておきましょう。当面は、あまり長時間ひとりにしないようにすること、彼に話しかけるのを忘れないこと、そして、できるだけ運動をさせることです。彼がそれを受けいれるなら、マッサージを試してもいいかもしれません。ただし、彼がいつかミスター・ハッピー・ドッグになれるとは期待しないことです。たとえあなたが何をしても、快復しないかもしれないし、なぜそうなのかはけっしてわからないでしょう。あなたが彼の育ちを知らないからだけではありません。犬は単純で、彼らの頭のなかで何が起こっているかはわかっている、と人は思いたがっているけれど、実際には、犬はわたしたちが思っているよりずっと謎だらけで、複雑だということがわかってきています。犬がわたしたちの言葉を話せるようにならないかぎり、犬の考えていることはわからないでしょう。もちろん、これはどんな動物についても言えることですが。

彼はいい犬ですが、わたしはあなたに警告しておかなければなりません、と獣医は言う。あなたは小柄な婦人で、この犬のほうがあなたより二十キロ近く重い（これはお世辞だった）。こういう大型で力の強い犬種を扱うコツは、彼らにほんとうのことを悟らせないでおくことです。つまり、ほんとうは、あなたは犬がやりたがらないことはなにひとつさせられないのだということを。

アポロがまだそれを知らないかのような言い草だった。わたしたちが散歩をしているとき、もう散歩は十分だと彼が決めたのは一度ではなかった。彼は立ち止まって、坐りこむか、地面に伏せる。すると、わたしが何をしても、立ち上がらせるのは不可能だった。腹立たしいのは彼ではなく、むしろ立ち止まって見物したり、ときには笑ったりする人たちだった。一度、ひとりの男の人が、助けてくれようとして、すこし離れたところに立って、脚をたたいて口笛を吹いた。すると、それまで聞いたこともなかった、ゴロゴロという雷鳴のようなうなり声があたりに響いた。あまりにも怖ろしいうなり声だったので、その人も近くにいた何人かの人たちも、あわてて通りの反対側に渡った。

だれが訓練したにせよ、彼は人間がボスだと教えられています、とその獣医は言う、そうではないと、つまり自分がボスだと考えるようになってほしくはないでしょう。だから、グレートデンがよくやるように、あなたにもたれかかってきたとき、押されてひっくり返らないようにすることです。仰向けに寝かして、胸のあたりを撫でてやるのもいい。それに、どうかお願いですから、あなたはベッドに戻って、彼を床に寝かしてください。犬を訓練するときには、いつも自分より下に置いておく必要があるのです。

それを聞いたときのわたしの表情が彼をひどく苛立たせたのはあきらかだった。

彼はいい犬ですと、今度はかなり大きな声で、彼は繰り返した。だから、悪い犬にしてしまわないでください。悪い犬は容易に危険な犬になりますから。

アポロの診察とわたしへの講義が終わるころには、わたしはこの無愛想な獣医が初めより好きになっていた。だが、別れ際のひと言は気にいらなかった。忘れないでほしいのは、あなたがいちばん避けるべきなのは、彼があなたを自分の牝犬《ビッチ》だと見なすようになることです。

アポロと暮らすようになってから、わたしはよくボーのことを思い出す。二十代の初めに同棲していたボーイフレンドのグレートデンとシェパードの雑種犬である。初めて会ったときはまだ小犬だったが、そのうちグレートデンとおなじとまでは言えないが、ほとんど変わらないほど大きくなって、グレートデンの特徴の多くをもつようになり、と同時に、シェパードの勇敢さと攻撃性もそなえていた。大きくて、去勢はしておらず、非常に支配欲が強く、まるで喧嘩相手をもとめるかのように外に出ていった（そして、悲しいことに、しばしば相手を見つけた）。わたしたちのアパートはちょっと危なっかしい地区にあったが、ドアの背後にボーがいるかぎり、ドアをいつもロックしておく必要はなかった。三キロほど離れた友だちの家に行くときには、彼を連れていき、夜中の一時か二時までいて、人気のない暗い通りを歩いて帰ってきたものだった。ボーは危険をあらかじめ察知した。そうすると緊張し、過覚醒の状態になるので、それとわかった。毛皮をまとった兵士みたいなもので、銃の撃鉄を起こした状態になるのである。通りの曲がり角や建物の入口でうろついている男を震え上がらせたことも一度ではなかった（断っておくが、あの時代にあの地区に住んでいた人で、強盗や住居侵入やもっとひどい目に遭わなかった人はほとんどいなかったのだ）。ボーのゴロゴロ喉を鳴らすうなり方や吠え方、彼が危険だと見なすもの（わたしをちらりとでも見た他人はだれでも）とわたしのあいだで取る身がまえ、必要なら命を賭けてもわたしを守ってくれるだろうという考えには、人を否応なくゾクゾクさせるものがあり、それもわたしが彼を愛した理由のひとつだった。

それに、あのころは、そんなふうに人々から注目されるのが気にいっていた。

しかし、いまは、事情が違っている。町は落ち着きを取り戻して、通りは安全になった。いずれにしても、わたしはもう深夜に歩きまわることはなく、夜中の一時や二時には眠っている。わたしは保護される必要はなく、怖い犬に護衛してもらう必要もない。アポロにはだれかに向かって吠えたりうなったりする必要があるとは感じてもらいたくない。心配してほしくもないし、不安になってほしくもない。たとえどこに出かけようと、わたしたちはどちらも完璧に安全だと感じてほしい。わたしのボディガードになったり、わたしの銃になったりする代わりに、ゆったりと落ちついて、それこそミスター・ハッピー・ドッグになってほしいのである。


あなたがいなくて寂しかったのね、と上の階に住む女性が言った。

大学から帰ってきたとき、エレベーターのなかで会ったのである。

アポロがまた吠えているという意味だった。


彼はあなたを忘れる必要がある。あなたを忘れて、わたしに恋をする必要がある。そうならなければならない。

5

「チベタン・マスティフの記事、読んだ？」

実際、わたしは『タイムズ』紙のその記事を読んでいた。だから、そう答えたが、彼女はだれかに話したくて仕方なかったのだろう、それでもひととおりその話をした。

わずか数年前、中国では、チベタン・マスティフはステイタス・シンボルで、平均でも二十万ドル、数匹の小犬といっしょなら百万ドルで売れると言われていた。熱狂が頂点に近づくにつれて、貪欲なブリーダーはどんどんこの犬種を増やしていった。それから、ぴたりと熱狂がやんだ。価格が暴落し、餌を食べ過ぎるし、巨大で扱いがむずかしい場合もあるこの犬は、だれにも欲しがられなくなった。次に起こったのは、大量遺棄事件だった。犬は輸送トラックに詰めこまれ、ひどく苦しんで、多くが死んだ。まさに大量殺戮である。

ほんとうのところ、二度も聞かされたくはない話だった。

その女性はアポロを散歩させているときよく会う人で、向こうも二匹の犬――おとなしい雑種犬の母と娘――を散歩させていた。彼女はニュースの話題から犬のブリーディングの諸悪――これもすでに聞かされた話だった――についての長広舌に移った。雑種犬こそ自然の意図するものであり、雑種犬こそあるべき姿なのに、現実にはどういうことになっているか？　頭の弱いコリーや、神経症のシェパード、凶暴なロットワイラー、耳の聞こえないダルメシアン、あまりにも落ちついていて、銃で撃たれてもまだ危険に気づかないラブラドール・レトリバー。毛皮を着た腑抜けの犬、障害のある犬、低能の犬、社会性のない犬、骨が細すぎたり筋肉がほとんどない犬。人々が欲しがる特徴をもつ犬を産み出そうとした結果がこれなのだ。これこそまさに犯罪ではないか（獲物の居場所を教えるポインティングの姿勢を取って、そのまま動けなくなるポインターがいるという話を聞いたとき、この女性は頭がおかしいのではないかと思ったが、その後、そのグロテスクな話は事実だと判明した）。

いまから五十年、百年後にどうなっているかを考えると身震いする、と非常に暗い顔をして、彼女は言う。でも、それまでには、地球が滅んでいるでしょう、と彼女はつづけた。そして、そう考えるとほっとしたのか、彼女は雑種犬を連れて、立ち去った。

その場に残されたわたしは、マスティフのことを考えた。巨大な体軀とライオンを思わせるたてがみ。主人にはとても忠実で、猛然と主人を守ることで知られている。そういう特徴をもつように交配されたこの犬は、輸送トラックに追いこまれるのを主人が止めようともしないとき、どうするのだろう？　裏切られたことを悟るのか？　たぶん、そうではないだろう。殺戮現場に運ばれていく道すがら、そのマスティフの頭にあるのは、これからはだれが主人を守ってくれるのかということだろう、とわたしは思う。

余談。動物の苦しみについて、わたしたちはほんとうにどれだけ知っているのだろう？　犬やほかの動物たちは、人間より痛みに耐えられることを示す証拠がある。しかし、ほんとうにどれだけ苦痛に耐えられるのかについては――ほんとうにどのくらいの知能をもっているのかと同様に――いまでも謎のままにちがいない。

犬は人間とあまりにも深く感情的に関わり、絶えず人間を喜ばそうとすることで、慢性的な不安とストレスにさらされるようになった、とアッカリーは信じていた。しかし、犬にも頭痛があるのだろうか、と彼は問う。たったそれだけのことですらわかっていないのだ。

もうひとつの疑問。ほかの人間の苦しみより動物の苦しみのほうが見ていられない、と感じる人が多いのはなぜなのだろう？

たとえば、ソンムの戦いについて、ロバート・グレイヴズは書いている。〈死んだ馬とラバの頭数がわたしにはショックだった。人間の死体が並んでいるのは仕方がないと思ったが、動物たちがこんなふうに戦争に引きずり込まれるのは間違っていると感じた〉

オリンピックの陸上競技選手で、アメリカ陸軍航空隊の飛行士だったルイス・ザンペリーニにとって、第二次世界大戦中に日本の戦争捕虜として体験した怖ろしい苦難の体験のなかでも、なぜ看守がアヒルをいじめている記憶がいちばん苦痛だったのだろう？

もちろん、どちらの場合にも、苦しみをもたらしたのは人間の行動であり、アヒルの場合には純粋なサディズムの行為である。しかし、動物たちはいつだってわたしたちの言いなりではないだろうか。そして、わたしたちの彼らに対する憐れみは、動物たち自身はその苦しみの理由を知りえないのをわたしたちが知っていることと関係があるのではないか（それゆえに、動物たちは人間よりもっと苦しんでいるにちがいないと主張する人たちもいる）。わたしたちが動物に対してこんなに強く同情するのは、それが自分自身への憐れみを思い出させるからではないか、とわたしは思う。わたしたちのだれもが、一生を通じて、人生のごく初期の強烈な記憶をもちつづけているのだろう。わたしたちが人間であるのとおなじくらい動物でもあったあの時期。圧倒的な無力感と傷つきやすさ、無言の恐怖、そして、必死に保護を――十分大声で泣きさえすれば、保護が与えられることをわたしたちは本能的に知っている――もとめる気持ち。純真さとはわたしたち人間がそこを通過し、あとに残してきて、二度とそこには戻れない場所である。けれども、動物たちはそういう状態で生きて死ぬ。だからこそ、なんでもないアヒルへの残酷さというかたちでその純真さが犯されるのを見ると、それが世界でいちばん野蛮な行為に見えるのだ。こういう感情に腹を立て、それは冷笑的で、人間ぎらいの、倒錯的な感情だと言う人たちがいる。しかし、こんなふうに感じられなくなる日が来るとすれば、それはあらゆる生きものにとって怖ろしい日になるだろうし、わたしたちが暴力と残虐性へと転落するときがそれだけ早く到来することになるだろう。

なぜ猫を飼うのをやめたのかと訊かれるとき、わたしはかならずしもほんとうのことを答えない。それはわたしが飼っていた猫の死に方と、どんなに苦しんで死んだかと関わりがあるからである。

すべてのペットの飼い主がこれを経験する。あなたのペットが病気になり、あきらかに具合が悪いのだが、それが何か、どこが悪いのかわからない。ペットは自分では説明できないからである。

あなたを神だと信じている犬が、あなたは苦痛を止める力をもっているのに、なぜかそうしてくれないと思っている（自分がなにか気に障ることをしたのだろうか？）――という考えほど耐えがたいものはない。

詩人のリルケは、自分の女主人をじつに恨みがましい目で見つめながら死んでいく犬を見たと言っている。その後、彼はある小説の語り手にそれとまったくおなじ経験をさせた。〈彼はわたしがそれを防げると信じていた。いまや、彼がずっとわたしを過大評価していたのはあきらかだった。しかし、それを彼に説明する時間は残されていなかった。彼は驚いて、寂しそうに、最後までじっとわたしを見つめていた〉

あなたの猫は、自尊心が高く、独立心が旺盛で、禁欲的で、ほんとうはどんなに病状が悪化しているかを隠しているのかもしれないという疑惑。

獣医へ連れていく。診断が下される。まあ、少なくとも、最後には、それくらいは。手術、投薬。（錠剤を吐き出すのはいいかげんにして！）希望。それから、疑念。彼女が苦しんでいるのかどうか、どうすればわかるのか？　どのくらい苦しんでいるのか？　わたしは利己的なのか？

彼女はむしろ死にたいと思っているのか？

長年のあいだに数回、それだけでも多すぎたが、わたしは獣医のところへ行って、安らかに眠らせると獣医が請け合った猫を抱きかかえているという経験をした。その場にいたわたしの母も、その子はずっとわたしの腕のなかにいて、最後の最後までゴロゴロ喉を鳴らしていたと言った（猫は単に音を出しているだけだということをわたしは知っている）。

最後に残っていた二匹のうちの一匹――わたしが二十年間、どんな人とよりも長くいっしょに暮らした猫――が死んで（わたしの腕のなかでだったが、喉は鳴らしていなかった）からまもなく、生き残ったほうの猫が病気になった。彼女はアパート中を歩きまわり、一分もじっとしていなかった。不眠症の猫を想像してみるがいい。食欲はあり、食べようとするのだが、食べられなかった。声も変わってしまい、絶えず苦しそうにニャーニャー啼いていた。助けて、なぜ助けてくれないの。

超音波検査でしこりがあることがわかった。手術をすることもできますが、と獣医は言った。心安らぐバラ色の手術着をまとった穏やかな若い女性だった。年齢を考えてみてください。わたしはそれを考えた。それだけでなく、彼女がすでにどんなに苦しんでいるかも、すでに十九歳だったので、手術を乗り切れない可能性があることも。もうひとつの選択肢は、彼女を眠らせることですが、と獣医は言った。

この〝不正直な〟婉曲語法をアッカリーはどんなに忌みきらったことか。しかし、彼が使っている〝破壊する《ディストロイ》〟という言い方も、感覚のある生きものに使われると、わたしにはなんだか奇妙に聞こえる。アッカリーもほかのだれも正直に〝殺す《キル》〟という言葉は使わない。わたしは愛犬のチューリップを殺させた。わたしはわたしの猫を殺してもらうために獣医に連れていった。かわいそうなこの子は殺してやったほうがいいでしょう。まったく見込みはないのだから、殺してやらなければなりません。引き受け手が見つからなければ、みんな殺されることになるのです。

立ち会いをお望みですか？

もちろんです。

二本注射します、と獣医は説明した。最初の一本は落ちつかせるため……。

最初の注射はスムースにはいかなかった。脱水症状になっているので、静脈がどうかなっているとかいうことだった。そのときまでとてもおとなしくしていた猫は、いまや警戒しはじめた。彼女は片肢を伸ばして、わたしの手首にふれた。そして、首が弱ってグラグラする頭を上げると、信じられないと言いたげにわたしを見た。

猫がそう言ったわけではないが、そう言っているようにわたしには聞こえた。

待って、これはなにかの間違いだわ。わたしは殺してと言ったわけじゃない。気分がよくなるようにしてと言っただけなのに。

獣医はいまやあきらかにあわてていた。わたしがひと言も発しないうちに、彼女は猫をすくい上げて、ドアに向かった。すぐに戻ります、と言い残して。

そこは大きな忙しい病院で、いろんな種類の病棟がたくさんあった。彼女がどこへ行ったのか、わたしには見当もつかなかった。

十分後、彼女は戻ってきた。そして、猫をテーブルに横たえた。猫はすでに死んでいた。

〈立ち会いをお望みですか？　もちろんです〉

押しとどめるより先に、言葉が口を突いて出た。何ということをしたんです。

ほかの多くの動物とはちがって、猫は赦さないという論文がある、と聞いたことがある。（わたしが知っているある編集者によれば、軽く扱われたことをけっして忘れない作家と似ているという）

罪悪感が強かったのは、いままで飼った猫のなかで、この猫がいちばん気にいっていなかったからかもしれない。いつもよそよそしく、けっして抱かれたり膝にのせられたりさせず、そのくせ、わたしが眠るのを待ってそっと腰の上に這い上がってくるのだった。それが、いまでは、しきりに考えるのをやめられない一匹になっている。アパートのどこかに一本、猫の毛やひげを見つけたりすると、最期の数日のあのしゃがれた、狂気じみた啼き声が聞こえるのだ。いや、わたしはもう猫は飼いたくない。ほかの猫が死ぬのを、苦しんで死んでいくのをもう見たくはなかった。もしまた猫を飼って、わたしのほうが先に死んだらどうなるのか、というもうひとつの心配は言うまでもなく。

そのおかげで、わたしは猫婆さんにならずに済んだのかもしれない。このインターネットの時代には、猫を神と崇める古代の考えが復活していて、そういう烙印もかつてほど不名誉ではなくなりつつあるのは喜ぶべきことだ。むかし、ある研修医から聞いたのだが、精神科の輪番のとき、複数の猫を飼っているのは精神病の兆候でありうると教わったという。とんでもない数の動物を抱えこんだりする怖ろしいケースがあると聞いていたので、精神科の専門医がそういう特殊なケースにも目を向けるのはいいことだろう、とわたしは思った。しかし、何匹の猫を抱えていたら一線を越えたと言えるのかと訊くと、三匹だ、と彼は言った。

犬が並外れた嗅覚をもっていることを考えれば、たとえ何年も前だったにしても、この家がかつては猫の縄張りだったことをアポロは知っているにちがいなかった。わたしが知りたいのは、彼がそれをどう思っているのかということである。

『ホワイト・ゴッド　少女と犬の狂詩曲』というハンガリー映画がある。ブダペストの犬たちが抑圧者に対して反乱を起こす物語である。どんな反乱でもそうだが、この場合にもリーダーがいる。その名はハーゲン、リリという少女の雑種の愛犬である。この国では純血種以外の犬の飼い主には税金が課されることになり、リリの父親がその支払いを拒否したときから、彼の試練がはじまる。通りに放り出されたハーゲンはなんとかリリのところに戻ろうとする（リリのほうも彼を見つけるためにあらゆることを試みる）が、野犬狩りに邪魔され、ひどい男に捕まって、このうえなく残酷なやり方で闘犬のために調教される。初めて闘犬のリングにのぼり、相手の犬を殺したあと、彼は自分が何をしてしまったのか、自分がどんな目にあってきたのかを理解する。そして、調教師から逃げ出すのだが、すぐに野犬狩りに捕らえられ、収容所に入れられて、処分される順番を待つ身になる。しかし、ハーゲンはそこからまたもや脱走し、同時に、ほかの夥しい数の犬たちも解放してやって、彼らを引き連れて街中に突進する。走りまわる――なかには人に襲いかかるものもいる――犬の群れに、街のあらゆる片隅からますます多くの犬たちが加わっていく。ハーゲンは犬の軍団を率いることになるのである。彼らは敵をひとりずつ捜し出しては、残忍なやり方で殺していく。いまでは、かつてはやさしかったハーゲンもすっかり変わり果て、父親が検査員として働く食肉処理場の中庭で、ようやくリリと再会したとき、彼は歯を剝き出して、うなり声を洩らす。彼女も結局は人間であり――しかも、この戦争のきっかけになった父親といっしょにいるのだ。ハーゲンのまわりには軍団のメンバーが勢揃いして、いまにも襲撃しようと身がまえている。恐怖に震えるリリは、そのむかしハーゲンは彼女のトランペット（学校のオーケストラで彼女はこの楽器をやっていた）を聴くのが好きだったことを思い出す。吹いてやると、彼は穏やかな気持ちになったものだった。彼女がバックパックから楽器を取り出して演奏しはじめると、ハーゲンは落ち着きを取り戻して、その場で伏せの姿勢をとる。すると、ほかの犬たちもおとなしくなって、伏せの姿勢を取り、その平和な瞬間を引き伸ばそうとして、リリは吹きつづけるのだった。

これはハッピー・エンドとは言えないだろう。なぜなら、もちろん、犬たちは結局は抹殺される運命にあるのだから。しかし、彼らは復讐を果たしたのである。

音楽は獰猛な獣《サヴェッジ・ビースト》の気を鎮める、とだれかが言った。なぜ多くの人々がそう信じているのかは容易に理解できる――わたし自身も、高校の英語の先生にその誤りを指摘されるまでは、信じていた。

じつは、劇作家のウィリアム・コングリーヴが書いたのは、音楽は憤激した心《サヴェッジ・ブレスト》を鎮める魔力をもっている、という台詞だったのである。しかし、荒々しい、あるいは怒った動物が音楽でなだめられたり、おとなしくなったりするというのは、むかしからよく言われていることのひとつである。音楽がどれだけ人間の心を動かすかはだれでもよく知っているから、なるほどと思えるのだろう。

『ホワイト・ゴッド』では、犬は処分される直前に、テレビで古いアニメ『トムとジェリー』の〝ピアノ・コンサート〟をやっている部屋に入れられる。このアニメでは、トムがリストのハンガリー狂詩曲第二番を演奏するのである。

音楽の演奏がほんとうに犬の心をなだめられるのかどうかは知らないが、インターネット上では、犬の鬱への対処策のひとつとして挙げられている。

(あなたは本を書いていますか？　あなたは落ちこんでいますか？　あなたはペットを探していますか？　あなたのペットは鬱ですか？)

しかし、どんな音楽がいいのか？

わたしはむかし家のなかでウサギを放し飼いにしていたことがある。居間にはステレオがあって、ふたつの大きなスピーカーが床に置いてあった。音楽をかけるといつも、ウサギはスピーカーのそばに行って、そこを動かなかった。たいていはじっと横たわって、聴いているだけだったが、耳の手入れをはじめることもあった。ただ、バッハの『羊は安らかに草を食み』をかけると、立ち上がって、部屋のなかを跳ねまわった。

どんな音楽がいいのだろう？　元気な曲か？　柔らかい落ちついた曲か？　テンポの速い曲か、スローな曲か？　ハンガリー狂詩曲第二番か？　シューベルトはどうだろう？　（いや、シューベルトはよくないかもしれない。アルヴォ・ペルトによれば、彼のペンは五〇パーセントはインク、五〇パーセントは涙でできているということだから）マイルス・デイヴィスの『ビッチェズ・ブリュー』はどうだろう？　（こういうすべてがじつに愚かな犬の擬人化にほかならないことはわかっているが、ときには愛はこういうかたちを取るものなのである）

わたしはマイルス・デイヴィスをかけた。バッハやアルヴォ・ペルトをかけた。プリンスやアデル、フランク・シナトラもかけた。そしてモーツァルトも、たくさんかけた。

けれども、そのなにひとつ、彼には効果がないようだった。聴いているとは思えなかった。たとえ聴いているとしても、どうでもいいと思っているようだった。

それから、わたしはある実験についての記事を思い出した。ある猿のグループにモーツァルトを聴くかロックンロールを聴くかを選ばせたら、モーツァルトを選んだ。だが、次に、モーツァルトか無音かを選ばせたら、無音を選んだというのである。

『ホワイト・ゴッド』には小説『恥辱』をヒントにしている部分がある。教師の職を失ったあと、デヴィッド・ルーリーはケープタウンでの生活に見切りをつける。彼は娘のルーシーが小さな自給農場をやっている東ケープ州の村に逃げだして、結局、動物保護施設で働くことになる。だれにも望まれない数多くの犬の運命について、ルーシーはこう考える。彼らはわたしたちを神のように崇めているが、わたしたちは彼らを物のように扱っている。

わたしの建物の管理事務所からの手紙。わたしが賃貸契約に違反しているという指摘があった。犬はただちに建物の敷地外に連れ出さなければならない。さもないと――

犬になにか悪いことが起こるのだろうか?

6

この物語が問題なのは、主人公が物語の登場人物みたいではないことです、とわたしがカーターと呼ぶことにする学生が、ジェーンと呼ぶことにする学生が書いた物語について言った。彼女はむしろ現実の生活のなかの人物みたいです。

彼は二度そう繰り返した。というのも、わたしはほかのことを考えていたので、もう一度言うように頼まなければならなかったからだ。

登場人物がリアルすぎると言っているんですか？　と、カーターがそう言っているのはわかっていながら、わたしは訊いた。

問題になっている登場人物は赤毛で緑色の目をした娘で、金髪で青い目をした娘と親密になるのだが、じつは金髪の娘が捨てたばかりの男が赤毛の新しいボーイフレンドと同一人物だとわかるのだ。ボーイフレンドの目や髪の色は明記されていなかったが、背は高いとされている。その後、わたしがヴィヴと呼ぶことにする別の学生が、ガールフレンドのほうも背が高いのかどうか知りたいと言いだした。なぜそれが重要なのかしら？　と腹立たしさを顔には出さずに、わたしは訊いた（その程度のこともヴィヴには訊けないのだった。彼女は説明をもとめられるのが大きらいで、いかにも不機嫌そうに、訊いちゃいけないいんですか？　と答えただけだった）。

わたしにも知りたいことがいくつかあった。たとえば、このふたりが話をするとき、なぜいつも自分たちの車に乗って、たがいの家に行くのか？　なぜ彼女たちはけっして携帯電話を使わず、相手が家にいるかどうかを確かめるためにメッセージを送ることさえしないのか？　なぜたがいに相手について、フェイスブックで簡単にわかるようなことも知らないのか？

学生の小説についておおいに困惑させられることのひとつがこれである。ソーシャル・メディアに日に十時間も費やしている大学生がいるという記事を読んだことがあるが、彼らが書く登場人物――ほとんどがやはり大学生だ――にとって、インターネットはほぼ存在しないも同様なのである。

〈携帯電話はフィクションには馴染まない〉と、かつて、ある編集者がわたしの原稿の余白で文句をつけたことがある。それ以来――もう二十年以上経つのだが――わたしはずっと、このテクノロジーだらけの生活とテクノロジーに無縁の物語のあいだの断絶を不思議に思っている。

この問題に光を当ててくれる者がいるとすれば、それは学生たちだろう、とわたしはかつては思っていた。しかし、彼らはたいして役に立たなかった。いちばん興味深い答えが返ってきたのは、たまたま五歳のこどもの母親でもあった大学院の学生からだった。彼女が息子にお話を読んでやると、息子は絶えず話をさえぎって、〈この人たちはいつトイレに行くの？　マミー、この人たちはいつトイレに行くの？〉と訊くのだという。

現実の生活のなかではだれもがやっているが、物語には入れないものがある。たしかにそのとおりである。しかし、一日に十時間もトイレに行く人はいないだろう。

カート・ヴォネガットの苦情を思い出してほしい。テクノロジーを除外する小説は、と彼は言っている、セックスを除外したヴィクトリア朝時代の人々とおなじくらい人生を偽って伝えることになるだろう。

しかし、それもやはり秘密にすることになっている。〈頭のなかと両脚のあいだのことについてはなにも書かない〉というのが、わたしの知っているある教師が、ワークショップの物語で人物を描写するときの原則である。この教師はわたしよりはるかに長く教えていて、もうすぐ退職しようかという人なのだが、むかしからこうだったわけではないという。

セックスがたくさんあって、その多くが倒錯的なものだった時代もあった、と彼は言う。けれども、いまでは、だれもがだれかを傷つけて問題になるのを怖れている。それでも、わたしたちは感謝しなければならない。最近では、教室でセックスについて議論するだけでも、トラブルに巻きこまれるおそれがあるのだから。

わたしはトラブルに巻きこまれた別の男の人を知っている。彼は女子大の教師で、ライティングで取り上げる題材のヒントのリストに〈あなたの初体験〉を含めたのだ。学部長によれば、この教師がやったことはセクシャル・ハラスメントと見なされるおそれがある——いや、見なされる――ということだった。

わたしの大学では、教師はオンラインの〈性的不法行為に関する研修〉コースを取らなければならないのだが、実際にそのコースを取って、わたしは目をひらかされた。口頭または書かれたかたちでの性的行為への言及は、暗示的なジョークや漫画、自分または他人のセックス・ライフについての不用意な会話など含めて、性的不法行為に分類される。ライティングのワークショップでも、例外はまったく認められないらしい。わたしは窒息プレイのシーンを含む物語を教材に指定したことがあったので心配になった。学生たちはそれがどういうことかまったく理解できないようだったので、説明してやったのだが、あとになって、そういうことをすべきではなかったのかもしれないと思ったのである。

じつは、わたしはそのコースの教材の大半にざっと目を通しただけだったが、最後の〈あなたの知識を試してみよう〉の部分（「テストの結果は受けた本人以外の目にふれることはありません」）に来て、驚かされた。十問のうち二問も間違えたのである。関連するセクションに戻って、もう一度もっと注意深く読むように勧められたが、その必要があるとは思えなかった。なぜなら、いまやわたしはよく知っていたからである。ひとつは、学生と交際している教師について、わたしが知っているかもしれないどんなことでもただちに報告する義務があること。そして、もうひとつは、いかがわしいジョークを言った同僚については、たとえそのジョークがわたし個人には不快ではなくても、報告する義務があるわけではないが、そうすることを強く推奨されていることを。

ぼくが言おうとしているのは、とカーターは言った。ぼくはこの娘を知っているということです。彼女の外見を正確に説明することができます。

それはどういうことかしら？　この娘の外見についてわたしが知っているのは、ジェーンが言っていることだけ、目の色と髪の色だけなのに——それが登場人物を描写するときの学生の常套手段だった。あたかも物語は運転免許証みたいな身分証明書でもあるかのように。そういうやり方があまりにもふつうなので、登場人物について多くを語り過ぎるのは不作法で、プライバシーの侵害であり、できるだけ控えめな——つまり、漠然としている——ほうがいいと学生たちは思っているにちがいない、とわたしは考えるようになった。たとえば、カーターのことを書こうとする学生は、目の色が茶色だとは書くとしても、首に巻きついているように見える有刺鉄線のタトゥーや、キャンパスのスターバックスで長時間エスプレッソを淹れているせいで痛む手首を絶えずさすっていることは除外するだろう。カールした茶色い髪にはふれるとしても、たとえどんなに暑い日でも、ほとんどいつも黒い毛糸の縁なし帽《ウォッチ・キャップ》をかぶっていることは指摘しないだろう。おそらく彼の耳たぶの一ドル銀貨のサイズのイヤーゲージについてさえふれようとしないにちがいない。それを見るたびに、わたしは思わずひるまずにはいられないのだが。

彼女のことはなにもかもわかっているんです、とカーターは言う。

わたしにとって主人公は、いまわたしが袖から払い除けた一本の髪の毛みたいに、か細い灰色の存在でしかない。しかし、カーターにとっては、問題は彼女が曖昧すぎるのではなく、彼がよく知りすぎていることなのだった。

彼が絶えず口にする批判。実生活のなかで毎日会っているような人たちについて、物語を書いて何になるというんです？

危険だ、とフラナリー・オコナーは学生にたがいの原稿を批評させることについて言っている。盲人が盲人の手を引こうとするようなものなのだから。

カーターの文学上の野心は次のジョージ・R・R・マーティンになることである。彼が執筆中の小説は、権力と支配と復讐のため、永遠に終わらない戦争をしている架空の王国同士の壮大な衝突を描いている。しかし、彼のアイドルとはちがって、性的な暴力のシーンについて彼を非難することはできない。レイプや近親相姦の場面はないからである。セックスはまったく出てこないし、女性にはほとんどふれられることもない。小説に女の重要登場人物が出てこないことについて、同級生から疑問が出されたときにも、カーターは肩をすくめただけで、なんとも言わなかった。だが、わたしのオフィスでふたりきりになったとき、じつは、自分の小説には女たちが出てくるのだ、と彼は言った。セックスも出てくる、いくらでも出てくる。ほとんどが暴力的なセックスだ。強姦もあるし、輪姦もある。近親相姦だって出てくる。

そういうものはすべてワークショップのために削除したのだ、と彼は言った。

どうして、とわたしが訊くと、彼は目をグルリとまわした。

まさか、冗談でしょう？　みんながどんな反応をするか、わかってるじゃないですか。つまり、その、女性たちが。ぼくは大学から追い出されかねませんからね。

そんなことは起こらないだろうとわたしが請け合っても、彼は納得しなかった。きょうは黒いウォッチ・キャップを目深にかぶっているので（いったい、何を見張《ウォッチ》っているのだろう？）、なんだかクロマニョン人みたいだった。耳たぶが大きく引き伸ばされている耳は、彼の小説に登場する架空の半人《ハーフ・ヒューマン》の長く垂れた耳を連想させた。

まあ、リスクを冒したくはないんです、と彼は言う。でも、ほんとうですよ、全部出てくるんです、いろんな荒っぽいことが、と彼は付け加えた。それを聞いて、わたしは何とも言えない顔をしたが、彼はそれを見逃さなかった。

でも、先生が見たいと言うなら、と彼は言った。お見せしますよ。

その必要はないと思う、とわたしが口ごもりながら言うと、彼はわかっていると言いたげな薄笑いを浮かべた。

わたしの学生たちの大半がそうするし、同僚教師のなかにもそうする人がいる。出版業界の人たちもそうするし、作家が女性である場合、よけいそうする傾向が強い。しかし、いつからはじまったのだろう？　一度もあったこともない作家をファースト・ネームで呼ぶというこの習慣は。

ブルックリンでのブック・フェスティバル。わたしは十四丁目で二番線に乗る。電車は満員だった。近くの座席に中年の人がふたり、男と女が坐っていたが、会話が聞こえるほど近くはなかった。身体言語《ボディ・ランゲージ》から、友人か同僚らしく、カップルではないことがなんとなくわかった。なぜか、わたしとおなじ場所に行くのだろうという気がした。三十分後、アトランティック・アヴェニューで、彼らも降りた。土曜日の夜で、巨大な駅はごった返しており、わたしはすぐに彼らの姿を見失った。イヴェント会場は駅から数ブロックのところにあるホールだった。会場に着くと、わたしはまっすぐバーに行ったが、すると、そこにふたりがいた。二番線の男女が、行列のわたしのすぐ前にいた。

今学期、わたしはもうひとりの教師とおなじオフィスを使っている。彼女は新顔、というか、教えるのはこれが初めてだった。たまたまだが、ほんの数年前、この若い女性はわたしの学生のひとりだった。おなじ大学の、おなじプログラム。

ときおり、彼女はオフィスで瞑想をする。部屋中に、彼女が燃やすロウソクのミモザやオレンジの花の香りが満ちあふれる。

教えている曜日が違うので、ふだんは顔を合わせることはないのだが、わたしたちはメッセージやメモで連絡を取り合っている。彼女はときどき心やさしいプレゼントを置いていく。クッキーとか、チョコレートバーとか、スモークド・アーモンドの袋とか。一度、わたしの誕生日には、オフィス中が花で埋め尽くされていた。

まだ学生だったとき、この女性は大成功を収めた。ＭＦＡ（芸術学修士）の論文だった処女作の小説が、まだ思いついてもいない第二作といっしょに買い取られ、最初の本が出版される前からいくつもの賞を取りはじめて、有望な新人のためのあらゆる文学賞を矢継ぎ早に総なめにして――総額五十万ドルちかくも獲得し――、わたしたちのあいだではＯＰ（傑出した有望株）として知られるようになった。

予想に違わず、処女作は出版されると非常に高い評価を受けた。それにもかかわらず、さらにもうひとつ文学賞をさらったにもかかわらず、その本は売れなかった。わたしたちの狭い世界では、ＯＰは依然として有名で、彼女は〝何もかも獲得するあの娘〟だった。しかし、もっと広い世間では、新しいフィクションに関心のある人々のあいだでさえ、デビューから二年経ったいまでは、その本も作者の名前も聞き覚えがないと言われても不思議ではなかった。

べつにこと新しい話ではないし、世界の終わりだというわけでもない。しかし、もう二年ものあいだまったくなにも書けないでいるＯＰに、そう言ってみるがいい。

教えることが役に立つかもしれない、あるいは、少なくとも、なにか有益なことをやっていることになるだろう、と彼女は考えた。学生のときには、内向的ではあったけれど、彼女は自信に満ちあふれていた。しかし、教師としては、打ちのめされていた。彼女は大部分の学生と同い年で、何人かよりは年下でさえあった。教師としての経験不足がありありと見え、すこしも権威ある雰囲気を醸しだせずにいるのは、本人にもよくわかっていた。しかも、甲高くて、か細い、ふだんから震えやすい声で、不安になると、顔が真っ赤になる癖があった。

彼女は女子学生には苦々しい思いをさせられていた。彼女たちが自分を目の敵にしているのがよくわかったし、女がほかの女に――とりわけ奮闘している野心的な女に――対してよく放つ、あの〝何様だと思っているの？〟的なバイブレーションを絶えず感じさせられていた。男子学生のほうは、三人がすでに彼女に言い寄っていた。そのうちのひとりは目で彼女の服を脱がせているのがあまりにもありありとしていたので、彼女はいつの間にか教室では胸の前に腕を組んで坐るようになっていた。しかも、さらに悪いことに、彼女はその学生に強烈に惹かれていたのである。

彼女はときどき学生たちの前でパニックに襲われることがあった。だから、瞑想をしたり、ときにはそれをさらに抗不安薬《ベンゾジアゼピン》で補ったりしていたのである。

OPは、もう二度と書けないかもしれないというだけではなく、これまでの人生がすべて嘘だったのではないかという思いに悩まされていた。自分がいままでなし遂げてきたことはすべてなにかの間違いだったのではないか。だれにせよ、なぜ彼女の本を出版する気になったり、彼女が教師になれると思ったりしたのか。それこそ不可解でしかなかった！ 第二作は、たとえ出版社が何度締めきりを延ばしてくれても、けっして書けないことがわかっていた。

いつか正体が暴かれるのではないか、とOPはビクビクしながら暮らしていた。自分が単なる失敗者ではなく、詐欺師だったということが。〈それに、お願いですから、OPと呼ぶのはやめてください！〉

むかしからほかの作家たちも、たぶんとりわけ、もっとも偉大な何人かの作家もまったくおなじ疑念に苦しめられてきたのだ、と指摘しても無駄だった。カフカが『変身』について言っている「ほとんど骨の髄まで不完全だ」という言葉を引用しても。

OPとおなじ日に大学に来ている別の教師によれば、閉じられたドアの背後から泣く声が聞こえたことがあるという。一度など、わずか二ページの学生の論文についてのコメントを書こうと悪戦苦闘したすえに。

　学部内での公開授業の日、わたしは彼女のクラスのひとつを参観したが、彼女が惹かれていると告白した学生が、やさしくほくそ笑みながら彼女をじっと見つめている姿が目についた。彼女はこの学生と関係をもつようになっているなとは思ったが、授業の参観レポートでその件にふれることはしなかった。運がよければ、彼女はわたしに告白したり、忠告をもとめたりはしないだろう。

　いつか実際にあるかもしれないそういう場面が目に浮かぶ。わたしはどこか、たとえば化粧品を売っている店とか、ブティックとか、招かれた家のトイレとかにいる。と、ふわっと特別な香りが漂ってくる。ミモザかオレンジの花の香り。けれども、わたしはOPがオフィスで使っていたロウソクの香りのことは思い出せず、自分の反応にうろたえる。危険を察知したかのように思わず身震いする。あたかもその瞬間、知人のだれかがトラブルに陥っているのをテレパシーで感知したかのように。


　OPとわたしが共有するオフィスの向かい側に、今年の著名客員教授作家のオフィスがあるが、彼はそこにいたためしがない。彼はオフィス・アワーを設けていないし、郵便物は大学のメールスロットではなく、自宅に転送するようにプログラムの秘書に指示していた。授業のためにやって来ると、自分のワークショップの教室に直行するので、同僚でも顔を合わせたことのある人はほとんどなく、たとえ会ったとしても、完全に相手を無視するのだという。学期がはじまる前に、自分は本の宣伝をするつもりはない、と学科長から教授たちに伝えるように指示し、さらに、授業の初日には、学生たちに向かって、推薦状を書くつもりはないから〈頼むだけ無駄だ〉と宣言したという。

あなたはそれを聞くと憤慨して、グッゲンハイムのために推薦状を書いてほしいと頼んできたとき、わたしは彼にそう言ってやるべきだったと言った。

学期がはじまってからまもなく、彼はバーンズ&ノーブル社で朗読会をひらいた。聴衆がまばらだという事実にも臆することなく、彼は一時間ちかく朗読した。

質疑応答のあいだに、彼は自分のきわめて型破りなスタイルの作品をなぜ小説と呼ぶのか、とだれかが質問した。すると、わたしが小説だと言っているから小説なのだ、と彼は答えた。

サイン会のとき、できるだけ早く次の作品を書いてほしい、と懇願している女性がいた。なぜなら、と彼女は大真面目に言った、ほかにはなにもないから。

バーンズ&ノーブル社で。

ニュースで。成人のアメリカ人のうち、三千二百万人が字を読めないのだということである。一九九二年以来、詩の朗読会の聴衆は三分の二縮小した。どうすればニューヨーク・シティで暮らしていけるか悩んでいた〝家賃苦の〟女性が、小説を書いてみることにした（「そして、それは順調に進んでいる」という）。

7

妻1は外国に住んでいる。お別れの会のためにニューヨークまで飛行機で来たのだが、帰りの便に乗る前夜、わたしたちは夕食をともにした。

「あなたのほうが辛いのはわかっているわ」と、彼女は親切にも言った。「わたしたちは結婚していたけれど、もうずっとむかしのことで、そのあとはなにもなかったんだから。友だち付き合いも、なんの連絡も、なにひとつ。そうするしかなかったんだけど。正直なところ、初めはお別れの会には行かないつもりだったの。でも、あとで、考えなおしたのよ。ひとつの区切りにはなるかもしれないって。それがどういう意味であるにせよ」

自殺のときは、区切りをつけることはできない、とお別れの会でだれかが言っていた。

「けれども、あなたたちは」と彼女は言った。「あなたたちふたりはとても長いあいだものすごくいい友だちだった。わたしはどんなに羨んだことか。よく考えたものだったわ。彼とわたしが恋に落ちさえしなかったら、わたしたちだってそういう友情を育めたかもしれないのにって！」

しかし、彼女はそれに抗おうとはしなかった。あんなに強烈な恋愛は魔法にかかったようなものだったのかもしれないけれど。ごく限られた人間しか体験することのない、ほかの人たちはその話を聞いたり、夢見たりするしかない大恋愛。

いまでさえ、それはわたしにとって伝説的な力をもっている。美しく、怖ろしい、悲劇に終わるしかないものとして。

あなたたちのそばにいると、灼熱する炉のそばにいるようだったことをわたしは覚えている。うまくいかなくなったら、ふたりのうちどちらかが死んでしまうだろうと思ったことも。何度かは、あなた自身も言っていた。禁じられたことを、犯罪的でさえあるかもしれないことをしているような気がすると。カトリック育ちの彼女も、相手をそんなふうに偶像化する愛は罪だと信じていた。そして、当然の成り行きだったが、最終的には、妻2を絶望に追いこんだのもそれだった。あなたが女を追いまわすのをやめなかったからではなかった。こういう恋愛は人生に二度とありえないものであり、たとえあなたが妻2にどんな感情を抱いたとしても、それは妻1に感じていたものにはかなわないし、あなたは依然として妻1を愛しているのではないかと永久に疑うことになりそうだったからである。

もしも恋に落ちさえしなかったら、と彼女は何度も何度も繰り返した。

「ここへ来るタクシーのなかでも考えていたんだけど。わたしたちがどんなに彼を崇拝していたか、覚えているでしょう？　わたしたちはみんな彼の追っかけ《グルーピー》みたいなものだった。あのころは何て呼ばれていたんだっけ？」

「文学的マンソン・ファミリーよ」

「ああ、そう、そうだったわ。ウグッ、どうして忘れたりできたのかしら」

覚えているだろうか、わたしたちがあなたの言葉にどんなに熱心に耳を傾け、あなたがふれた本やアルバムをすぐに買いに走ったことを。

覚えているだろうか。わたしたちの書いたものは、どんなにお粗末なあなたの物真似だったかを。

覚えているだろうか。あなたがいつかノーベル賞を取るだろうと、どんなにわたしたちが信じこんでいたかを。

〈いまや彼はもうひとりの死んだ白人の男にすぎない〉

彼はいい仕事をしたわ。大部分の作家よりもいい仕事を。

「でも、ここ数年は、あまり書いていないって噂だったけど」

そのとおり。

「そんなに気落ちしているようだった？　本人はそういうことについてなにか言っていたのかしら？　ただの好奇心から訊いているわけじゃないのよ。じつは、それが気になってずっと眠れないの。なぜ彼は教えるのをやめたのかしら？」

わたしはあなたの不平不満を列挙した。日ごろほかの教師たちから聞かされている不満とたいした違いはなかったけれど。最優秀校から来た学生でさえいい文章と悪い文章の区別ができないとか、出版界ではもはやだれもどう書かれているかを気にかけていないとか、本は死にかけているし、文学はもはや死に体で、作家の威信は堕ちるところまで堕ち、どうして猫も杓子も作家になれば栄光への切符が手に入ると考えたりするのかがいまや最大の謎なのだということとか。

あなたはフィクションの存在意義についての信念を失っていた、とわたしは言った。今日では、どんなにすばらしい文章で書かれた、アイディア豊かな小説でも、社会にはなんの影響力もなく、エイブラハム・リンカーンが、一八六二年にハリエット・ビーチャー・ストウに会ったとき、それでは、あなたがこの大戦争を引き起こした小さな女性なんですね、と彼に言わせたようなものは想像もできなくなってしまっていると。

エイブラハム・リンカーンがほんとうにそう言ったとすればだが。

そのときだった、わたしがインタビューのことを思い出したのは。

たとえ一時的にでも、それを忘れていたのは不思議だった。そういえば、たぶん最後のインタビューということになる、ミッドタウンの文芸誌の創刊号のためのインタビューだった。

そのなかで、作家の自殺の波が押し寄せるだろう、とあなたは予言していた。で、それがいつ起こるとお考えなんですか？

もうすぐです。

驚いたことに、あなたはそのインタビューのことをわたしに話そうともしなかったのを覚えている。もうひとりの友人がわたしに送ってくれなければ、わたしは完全に見逃していたかもしれなかった。

〈わたしがそれにふれなかったのは、照れくさかったからだ。あとになって、それがどんなに――メロドラマティックに、自己憐憫的に聞こえるかに気づいたんだ。ちょっと飲んでいたんだよ〉

インタビューアーは読者についてのいつもどおりの質問をしていた。書くとき、あなたは特定の読者を頭に思い描いているのか。その質問をきっかけに、あなたは作家と読者の関係について話しだした。その関係がどんなに変化してしまったか。まだ若手作家だったとき、読者はあなたほど頭がよくないと思ったりしてはならない、とあなたは言われた。その忠告を胸に刻んで、あなたはそういう読者を念頭に置いて書いてきた。自分とおなじくらい頭のいい――あるいは、自分よりもっと頭のいい人だっているだろう！――読者。知的な好奇心が旺盛で、読書の習慣があり、あなたに負けずに本好きで、フィクションが大好きなだれか。ところが、やがてインターネットとともに、実際の読者の反応を読むことができるようになった。なかには実際、うれしいことに、あなたが頭に置いていた読者と、多かれ少なかれ、合致する人たちもいた。しかし、そうではない人たちも――ひとりやふたりではなく、かなりの人数――いて、あなたが言っていることを、ときにはかなりひどく読み違えたり、誤解したりしていた。それでその本がきらいになったと言われても、困惑せずにはいられないが、じつは、かならずしもそうでないケースも多いのだ。ほかの作家たちもおなじだが、いまでは年がら年中、あなたは自分が考えたこともないこと、自分が言ったわけでもなく、けっして言うつもりもないこと、あなたの実際の考えとはほとんど正反対のことで、非難されたり誉められたりしている。

そういうすべてにすっかり面食らっている、とあなたは言った。なぜなら、本が一冊売れるたびに喜んでもいいはずなのに、ほかの数百万冊の代わりにあなたの本を選んでくれた読者に感謝してもいいはずなのに、すべてを誤解する読者をうれしがるのはむずかしく、正直に言ってしまえば、そういう読者にはむしろ自分の本を無視して、なにかほかのものを読んでもらいたいと思わずにはいられないからである。

しかし、むかしからそれはそうだったのではないか？

もちろん、そうだろう。しかし、むかしは、作家はそれを知らなくてよかった。そういう問題を眼前に突きつけられてはいなかった。

しかし、〝語り手ではなく、語られた物語を信じろ〟というのはどうか？ 批評家の仕事は作品を作者から守ることだというのは？

ロレンスが〝批評家〟と言ったとき、それは自称批評家という意味ではなかった。消費者レビューが本をその作者から救ったためしがあるのなら、見てみたいものである。

あえてする反論をひとつ。たとえば、だれかをディナーに招いて、すばらしいビーフ・シチューを出したところ、客はそれをがつがつむさぼり食って、うまい、うまい、こんなにうまいラム・シチューを食べたのは生まれて初めてだと言ったとしよう。しかし、だから、どうだというのだろう？ 大切なのは客がそれを美味しく食べたということではないか？

ああ、ディナーの話だったのか？ それなら、こう言わせてもらおう。わたしが〝ビーフ〟という単語を書いたのに、だれかがそれを〝ラム〟と読むなら、わたしはそれを軽く受け流すつもりはない。人々は本について、あたかもそれがもうひとつの物、皿や電子機器などの製品や靴みたいに、消費者の満足度で等級付けできるものみたいに話しているが、それこそ問題なのだ、とあなたは言った。作家になりたいという野心に燃えるあなたの学生たちでさえ、一冊の本がどれだけ作者の意図を実現しているかではなく、それがどれだけ自分たちの気にいるかで判断しようとしている。だから、たとえば、「自分のことばかり書いているから、ジョイスはきらいだ」とか、「白人の問題についての本をなぜわたしが読まなければならないのかわからない」とかいうレポートが出てくるのだ。消費者レビューにあふれる不快感を見れば、読者がすでに感じていること——自分と同一視できるもの、自分と結びつけられるもの——を確認してくれるのでなければ、作者は本を書く必要はないと思っていることを示している。だれもが気にいり、ほかの人たちに話したがる面白おかしい話——あるブッククラブの会員は、小説を読むとき、わたしはそのなかでだれかが死んでほしいんです、と言ったという。アンネの日記では、なにも特別なことは起こらないし、物語がいきなり中断されてしまうし、すこしも笑えるところがないという苦情。もちろん、作家を初めとする多くの人たちが、お高く止まっていると非難するにちがいないことを、あなたは知っていた。なかには、こんなふうに言う人たちもいるにちがいなかった。結局のところ、自分の作品が失敗作だったことを知るもっとも確実な方法は、みんながそれを〝理解した〟かどうかを知ることだと。だが、じつを言えば、至るところでいい加減な読み方をされることにあまりにも意気消沈して、けっして起こるはずはないと思っていたことが起こった。つまり、あなたは自分の作品を人々が読もうが読むまいが気にかけなくなったのである。こんなことを言えば、あなたの本の出版社はあなたの顔に唾を吐くにちがいないが、ほんとうにいい本は読者が三千人を超えることはないというだれかの意見に、あなたは同意する気になっていた。

「まあ」と妻1は言った。

インタビューの終わりちかくで、師弟関係や教育の話題になると、あなたは教授と学生のあいだの恋愛を禁じる新しい規則をこき下ろした。

大学を安全な場所にしようなどという考えは愚にもつかないたわごとでしかない。だれもが安心できることを最優先にしたら、人生のすばらしいことはなにひとつ起こらないだろう——どんな名作が創造されることも、偉大な発見がなされることも、そういうものを想像することさえできないだろう——それを考えてもみるがいい。だれがそんな世界に生きたいと思うだろう?

「まあ」

そのインタビューのなかで、わたしが聞かされていなかったのは自殺に関する部分だけだった。

〈ちょっと飲んでいたんだよ。掲載する前に見せてほしいと言っておいたし、もちろん、そうするという約束だったが、あのばかは結局送ってこなかったんだ〉

〝愛《ディア》しい人〟と呼ばれることを拒否した女子学生たちのことは妻1にも話したが、話さなかったこともある。あのときは忘れていたが、いまになって思い出した。インタビューの当日、あなたはひどく気分を害していて、その理由をわたしに言った。あなたのエージェントが最新作の小説を読まずに出版社に送ったのではないか、とあなたは疑っていたのである。

〈あの雑誌がつぶれると聞いてうれしかった。くそ面白くもないヘボ雑誌だったからな〉

「わたしがずっと眠れなかったのは」と妻1が言った。「じつは、どこかで読んだ記事のせいなの。自殺しようとして生き残った人たちは、ほとんどみんな後悔していると話すという。飛び降り自殺をした人は、空中に踏みだした瞬間に、これは間違いだった、ほんとうは死にたくなかったと悟るというんです」

それはわたしも聞いたことがある。しかし、時代は違うが、別の話を聞いたこともある。セーヌ川――だったと思う――で溺れた人たちの遺体から検視官が学んだというのだが、死のうとした理由が恋だった人たちは水面に這い上がろうとしているが、経済的な破滅だった人たちは石みたいにまっすぐ沈んでいるというのだった。

歳をとること。これがいちばん辛かったのだろうと思う。あなたにとっては、ほかの人たちよりもずっと辛かったにちがいない。かつては、どんな女でもものにできた人だったのだから。そのひと言ひと言にじっと聴き入り、ノーベル賞も取れると信じている追っかけがいた人だったから。

たとえそれがわたしたちみたいに頭の弱い、のぼせ上がった娘の一団にすぎなかったとしても。わたしたちは人の注意を惹きはじめていた。前菜《アントレ》の上に身をかがめ、手をにぎりあって、ナプキンで目をぬぐっているふたりの女。

その後、スカイプで、アポロを初めて見せたとき、彼女は言った。「まさか！　こんな怪物をあなたに押しつけたなんて信じられない。だれも引き取りたがらなくても無理はないわ」

わたしは顔を引きつらせた。アポロがだれにも望まれない犬だと言われるのは聞くに耐えなかった。こんな立派な犬を欲しがる人は大勢いるにちがいない、とわたしが言っても、取り合おうともしなかった妻3のことを思い出した。〈小犬だったら、そうかもしれないけど〉

「アパートを失うことになるのに、なぜあなたに引き取ってもらえると思ったりしたのかしら」

「犬は飼えないと言ったことがないか、彼がそれを忘れてしまったのかのどちらかだと思うけど」

「でも、実際には、彼はあなたに訊こうとはしなかったし、あなたには発言権がないかのように、きちんと説明しようともしなかった。何を考えていたのか想像もできないわ」

しかし、わたしには想像できた。というのも、わたしは何度も想像したことがあったからだ。あなたはほかにもいろんな問題を思い浮かべたにちがいないが、犬がどうなるかについても考えなかったはずはない。

わたしは自殺したもうひとりの人のことを知っている。彼女が最後にやったことのひとつが犬を動物収容所に連れていくことだった。そんな別れの場面は考えるに耐えない。

あなたはそれを文書にしたわけではなかった。大部分の自殺者のように、あなたはなにも書き残さなかったし、何年も前に作った遺書もなにひとつ変えなかった。けれども、自分の妻にはわかるようにしていった。

〈彼女はひとり住まいだし、パートナーも、こどもも、ペットもいない。ほとんど家で仕事をしているし、動物が好きなんだ――彼はそう言っていました〉

もしかすると、それについてわたしと話し合うべきかどうか考えたり、話をするつもりになったことさえあるのかもしれない。それはそうかもしれないが、しかし。自殺者はしばしばふとしたことからその瞬間を選ぶものだ、とも聞いている。いましかないという気になるのだという。そういうときには、たとえ簡単な別れの言葉を書くためでさえ、グズグズしていれば怖じ気づいてしまうものなのだろう。(躊躇する人は死なないのである)

もしも実際にそれについて——あなたが死んだとき、あなたの犬がどうなるのかについて——話し合うことになったら、あなたが何を考えているかわたしにわかってしまう、少なくとも、疑念をもたれてしまうことを心配したのかもしれない。

アポロが何歳で、短命な犬種の年老いた犬なので、あと二年くらいしか生きられないだろう、と獣医が言っていることを妻1に話すと、彼女は言った。「それならもっと悪いわ。まだ小犬なら、わからなくもないけれど。あんなサイズの老犬をいったいどうすればいいというの？ よぼよぼになってしまったら、どうやって世話をするつもり？」

そういうことも、それに伴うさまざまな怖ろしいことも、もちろん、すでに考えなかったわけではない。

「わたしには理解できないわ」と彼女は言った。「このことについては、どこか狂っているところがあるような気がする」

ああ。あなたの死について最初に聞いたときから、わたしは何度片足を狂気に突っこんでいるような気分になったことか。初めのころは、気がついてみると、どこかにいて、どうやってそこへ行ったのか覚えていなかったり、なにかの用事で家を出ていったのに、どんな用事だったのか思い出せなかったりしたことが何度もあった。それなしでは授業ができない講義用のノートを忘れて大学に行ったり、医者の予約を混同して、違う医者へ行ったりもした。なぜ学生たちがわたしの顔をじっと見ているのだろう？　なにかばかなことを言ったのか、それとも、五分前に言ったばかりのことを繰り返したのか？　あるいは、じっと見ていると思ったのは気のせいなのか？　学部の事務局から送られてきたホールマーク社製のお悔やみカード——醜怪だが、胸にジンとくる——に一時間も泣かせられたりもした。

アポロといっしょに暮らすようになったころには、そういう出来事は少なくなっていたが、あらゆるものが非現実的な霧に覆われているみたいで、自分がお伽噺のなかにいるような気がすることがあった。アパートから追い出されたらどうするのか、ただじっと坐って奇跡が起こるのを待っているわけにはいかないだろうと言われると、じつは、わたしはそれを待っているのかもしれないと思った。

わたしは主人公が試されるあの物語のひとつのなかにいた。主人公が、なにかで困っている見知らぬ人——人間であることも獣であることもある——に出会うあのお伽噺。その人を助けることを拒否すれば、手ひどい罰が待っているが、その困っている人——たいていは裕福な王族か権力のある人の仮の姿——を助けてやれば、ご褒美がもらえることになり、たいていは高貴な身分が明かされたその人物から愛されることになるという物語。

わたしはコクトーの映画『美女と野獣』をグレタ・ガルボが見たときの話が気にいっている。

最後に呪いが解かれて、野獣が俳優ジャン・マレーのいかにも王子らしい姿に変身したとき、彼女は〈わたしのきれいな野獣を返して！〉と叫んだのだという。

この種の物語には、犬が登場することもある。たとえば、あるイスラムの物語では、喉が渇いて死にかけていた犬にひとりの娼婦が水をやると、それがいたく神の気にいって、彼女はすべての罪を赦され、天国に入れることになる。

「かわいい小犬でないのは彼の罪ではないし、こんなに大きいのも彼の罪ではないわ。こんなことを言うと頭がおかしいと思われるかもしれないけど、わたしが彼を手許においてやらなければ、なにか悪いことが起こるような気がするの。もう一度引っ越さなければならなくなったら、いろんな問題が噴出して、結局は彼を安楽死させるしかなくなるでしょう。そうさせるわけにはいかないわ。彼を助けてやらなければならないのよ」

妻1は言う。「あなたはだれのことを言っているの？」

これが問題の核心にある狂気なのだろうか？　わたしは信じているのだろうか？　もしもわたしが彼に親切にしてやれば、わたしが献身的に振る舞って、彼のために犠牲をはらってやれば、もしもアポロを——美しい、年老いた、憂いにみちたアポロを——愛してやれば、ある朝目を覚ましてみると、アポロの姿は消えていて、その代わり死者の国からあなたが戻ってきているとでも？

＊

わたしのことを家主に報告したので、ヘクターは申し訳なさそうだった。わたしと顔を合わせるたびに、彼はひどく困惑した顔をした。

すみません、と彼は言う、でも、ねえ――

あなたが自分の仕事をしなくちゃならないのはわかっています。

いい犬なんですけどね、と彼は言う。

アポロが頭を撫でさせてくれることに感動しているようだった。あたかもヘクターがしたことをアポロも知っているにちがいないと思っているかのように。

行く先があるんですか？

いいえ、いまはまだ。でも、なんとかなるでしょう、とわたしは――装っているわけではない――快活さで言う。わたしの生活はあまりにも現実感のないものになっていたので、わたしは建物の管理事務所からの二回目の通知をチラリと見ただけで、捨ててしまっていた。

ほんとうに残念なことです、とヘクターは言う。こんな立派な動物なのに。ほんとうに申しわけありません。

あなたが悪いわけじゃありません。

彼のせいだとは思っていない証拠に、今度のクリスマスには、わたしは去年より多いチップを渡すつもりでいる。

アポロはマッサージされるのが好きなのか、それともただ我慢しているだけなのか、わたしにはよくわからない。けれども、わたしはつづけている。まず片側に横たわらせ、次に反対側に横たわらせて、そのあいだに胸をマッサージしてやる。彼がいちばん好きなのは胸のマッサージみたいだ。肢にさわられるのはきらいなのだが、わたしのなかの悪ガキはさわってみるのをやめようとしない。

彼は新しい家にも、わたしにも慣れてきた。大学に行くとき以外、わたしは彼をひとりにはしない。離れているときも、彼のことがいつも頭にあって、早く帰りたくて仕方がない。彼はドアのそばでわたしを出迎える(ずっとドアの近くにいたのだろうか?)が、待つのは簡単ではなかったと言いたげな、うるんだ目をしている。(彼はどのくらい記憶力がいいのだろう? 犬は記憶力がいいと言われているが、もしも非常にいいのなら、鍵をかけた部屋にひとり取り残されることで、どんな悲哀が脳裏によみがえっている可能性があるのだろう? そして——そう思うと、胸を切り刻まれるような思いがするが——ドアのそばで彼は相変わらずあなたを待っているのだろうか?)

彼は尻尾を左右に振る。振っているのは確かだが、なんだか寂しげな振り方で、すこしもうれしそうではない。グレートデンは激しく尻尾を振ることで有名なのだが(そのせいで尻尾を傷つけてしまったり、室内のものを壊したりすることもめずらしくないので、多くの飼い主が断尾する理由のひとつになっている)、そういう振り方ではないのである。

　エアマットはクローゼットに戻したが、それで話が終わったわけではなかった。彼は二度とわたしに向かってうなったりはしなかったし、わたしが〝ダウン〟と言えば、それを二度繰り返す必要はなかった。それでも、彼が、とりわけ夜には、ベッドにいたがることに変わりはなかった(エアマットが犬のベッドだと教えこもうとしたが、それはうまくいかなかった)。獣医からのアドバイスにもかかわらず、わたしは彼を完全にベッドから追い出す必要性を感じなかった。結局のところ、犬をベッドに寝かしている人はいくらでもいるし、なかには、ベッドの足側に特製の毛布を用意して、そこに犬を寝かしている人さえいる。もしもアポロがトイ・プードルで、ベッドの足のほうの特製毛布の上で丸くなって寝ているとしたら、それはすこしも特別なことではないだろう。犬が人間とおなじサイズで、自分の枕に頭をのせて長々と横たわっているからといって、どこが違うというのか?　そう、たしかに違いがあることはわたしも認める。ただ、これだけは言っておきたい。友だちがなぜ死ななければならなかったのかとか、雨風を凌げる屋根を失うまでにあとどのくらい時間の余裕があるのかとか、夜のなかでさまざまな思いを抱えたまま横たわっているとき、背中全体に大きな温かい体が押しつけられるのを感じると、驚くほどほっとした気持ちになれるのである。

〈命令はすべて理解できる〉

　長い最悪の一日――携帯電話はなくすし、学生はやる気がないし、書く作業に戻ろうとしては失敗するし――のあと、ある夜、アポロが身動《みじろ》ぎして、ベッドから出ていこうとすると、わたし

は思わず言っていた。〈待て〉
わたしを避けている友人がいることに気づいた。いずれ近いうちに、アポロを連れてスーツケースをぶら下げたわたしが玄関に現れるのが怖い、というのが少なくとも理由のひとつだろうと思わずにはいられない。

わたしの状況にいちばん同情的な友だちが、どうしているかと電話してくる。アポロの鬱状態をなんとかしようとして音楽やマッサージを試していることを説明すると、セラピストを考えてみたかと彼は訊く。動物の精神科医というのはいまひとつ信用できない、とわたしが言うと、自分が言ったのはそういう意味ではない、と彼は言った。

学期が終わる。こんどのクリスマスには行けない、とわたしは実家に言ってやった。また授業がはじまるまでの一カ月の休みのあいだ、わたしはほとんどアポロと離れずにいられる。たとえこの上なく寒い日でも、わたしたちは外に出ていって、歩きに歩く。寒い天気が好きなのである。冬の都会が好きなのだ。歩道には隙間が増えるし、ジロジロ見つめる人たちは減る。しかも、凍えるような寒さのときには、アポロは坐りこんで休憩することもほとんどなくなるのである。

建物の管理事務所からの最終警告。わたしはふいに思いついた。大家さんに直談判してみたらどうだろう。大家は薄情者で同情心のかけらもない、とは限らないのだから。クリスマスの奇跡があってもいいのではないか！　少なくとも、猶予を懇願することはできるのでは。

管理人に電話して、フロリダに住む大家の電話番号を訊いた。

それは教えないことになっているということだった。

十二人の作家――男六人、女六人――が壁掛けカレンダーの写真のためにヌードでポーズをとっている。今回限りのこのチャンスを逃さないように、とEメールの案内状は言っていた。一般に発売される前の、作家全員のサイン入りの限定版。

あるパネル・ディスカッションを思い出して、愕然とした。だれかが文学界における品位、それがいまやいかに落ちているかを問題にした。見ているがいい、とあなたは言った、そのうち作家のヌードが売り出されるだろう。会場のほかのだれもが笑ったが、そのあいだ、あなたは石のような表情をくずさなかった。

大晦日。わたしは家にいて、これが初めてではまったくなかったが、『素晴らしき哉、人生！』を見た。ある学生から――今年彼女が応募した三十件以上ものMFAプログラムのために推薦状を書いてやったお礼として――送られてきたシャンパンはあけなかった。

わたしの状況にいちばん同情的な友だちが、事態をなんとかしようとして、友人たちを動員した。次の週にはさまざまな人から——なかには長年便りがなかった人もいた——怒濤のような電話やメッセージが寄せられた。

わたしが家を失うのを見たくはない。手遅れになる前に、正気に立ち戻ってほしい。わたしは喪失感や罪悪感にもっとましなやり方で対処する必要がある。近親者に先立たれた人向けのセラピーが必要だ。ここにいくつかの名前がある。薬の助けを借りることを考えるべきだ。自分にはこういう薬が役に立った。こういう本がある。こんなウェブサイトがある。サポート・グループがある。夢想の世界に引きこもり、独りきりになって、犬といっしょにいるだけでは、傷が癒されることはない。病理的悲嘆というものがある。病理的悲嘆の呪術的思考というものがあるが、それは一種の痴呆状態だ。わたしはそういう状態に陥っている、というのが全員に共通する意見だった。

ありとあらゆる親切な提案があったけれど、犬を引き取ってもいいと言う人はいなかった。

それから、よりによって、妻2からそういう申し出があった。犬が大好きな幼い孫息子がいて、自分がまたがれるほど大きな犬がいたら、大喜びするだろうというのだった。

それですべての問題が解決するわね、と妻1が言った。

あなたはけっしてわたしを赦さないだろう、とわたしは言った。そもそも、妻2がそんな申し出をしてくること自体が怪しいのだ。

「どういうこと？　彼女はただあなたの役に立とうとしているだけだと思ったんだけど」

「役に立つ？　むかしから、あなたを憎むのとおなじくらい、ずっとわたしを憎んでいたあの女《ひと》が？　わたしは絶対に彼女を信用しないわ。ふたりの結婚生活がどうだったか考えてもごらんなさい。怒りと憎しみと恨みしかなかったのに。アポロを彼女のそばへやったりしたら、わたしはけっして安心できないわ」

〈女は危険である。どんなことでもやりかねないし、けっして赦そうとしない〉

それは被害妄想だ、と妻1は思っている。だが、実際には、すこしもありえないことではない。人への恨みをその人の無力なこどもやペットにぶつけて晴らそうとする人たち。

〈あなたはけっしてわたしを赦さないだろう〉

「それじゃ、どうするつもり？　ただ手をこまぬいて奇跡を待っているわけにはいかないでしょう？」

しかし、わたしはまさにそれを待っていたのである。

8

作家にしばしば与えられる助言。原稿を声に出して読め。ふだん、わたしは怠惰すぎて、この助言には従えない。しかし、最近では、できるだけ長く机の前に坐っているためなら、何でも試してみる気になっている。で、たったいまプリントアウトしたばかりの原稿を手にとって、読みはじめた。背後でアポロが身動ぎする音がした。長椅子の背後で眠っていたのが、よいしょとばかりに立ち上がり、よたよたと机に歩み寄って（彼の目は坐っているわたしの目とちょうどおなじ高さになる）、わたしがなにかすばらしいことでもやっているかのように、じっと見つめた。きょうはもうかなり長い散歩をしたあとだったが、ひょっとすると、また外に行きたいのだろうか。

ページの下まで読むと、わたしは読むのをやめて、考えだした。アポロが鼻先でわたしを突つく。そして、ごく低い声で、一度だけ吠えた。それから、一歩前に出て、一歩右に寄り、一歩後ろに下がった。右に左に首を傾けながら。どうしたんだい《WTF》、とでも言っているかのようだった。読みつづけろと言っているのか！　ほんとうにそうなのかどうかはわからなかったが、わたしはそうした。だが、まもなくやめた。

文章を声に出して読め、とその助言はつづく。そうすれば、しっくり来ないところ、うまくいっていないところが聞こえるだろう。わたしは聞く、わたしは聞く。しっくり来ないところ、うまくいっていないところ。わたしは聞く。

黙読しているときとなんの変わりもなかった。

わたしは机の上に腕を組んで、そのなかに顔を伏せた。

突つく。ウーフ。わたしは首をまわす。アポロの瞳は深く、ちぐはぐな両耳は剃刀みたいに鋭かった。彼はわたしの顔を舐めて、またチャチャチャチャのダンスみたいに首を振る。それから、尻尾を振ったが、犬はどんなにもどかしいことだろうと——これでもう千回目だが——わたしは思った。自分が考えていることを人間に理解させるため、絶えず苦労しなければならないのだから。

わたしは椅子から長椅子に移動した。アポロは額にしわを寄せて、それを見守っている。わたしが腰を落ち着けると、彼はそばに来て、わたしの前に坐りこみ、わたしたちは目と目を見交わした。人が泣いているのを見たとき、犬はどう思うのだろう？　人を慰めるように育てられているから、彼らは慰めようとする。だが、彼らは人間の不幸にどんなに困惑していることか。いつでも好きなときに好きなだけ皿に食べものを盛れるわたしたち。いつでも好きなときに外に出かけて、自由に走りまわれるわたしたち——絶えず喜ばせたり、従ったりしなければならない主人のいないわたしたち——そういうわたしたちがいったいどうしたというのだろう？
コーヒーテーブルに積んである本のなかから、わたしはリルケの『若き詩人への手紙』を手に取った。わたしの授業のひとつの指定図書。それをひらいて、声に出して読みはじめた。何ページか読むと、アポロはあの——ほかの犬の顔にはよく見られるが、彼には心配になるほどめったに見られない——口を半分あけた笑みを浮かべた。わたしがそのまま読みつづけると、彼は床に腹這いになって、わたしの両足に体をかぶせ、向こう脛にもたれかかってきた。前肢にゆったりと頭をのせて、わたしがページをめくるたびにちらりとわたしに目を向ける。わたしの声の抑揚に応じて、両耳が角度を変えた。わたしはスピーカーの前にうずくまったペットのウサギを思い出した。しかしアポロは、どんな音楽をかけても楽しんでいるようには見えなかったし、いまほど——音楽によってもマッサージによっても——いまほどゆったりとくつろいでいる様子を見せたことはなかった。

だから、わたしは読みつづけた——できるだけはっきりと、完全に言葉のわかる人に読み聞かせているみたいに、できるだけ表情ゆたかに。そうやっていると——両方の脚全体に穏やかに波打つ巨大な温かみを感じながら、詩情あふれる散文を口にしていると、わたし自身も安らかな気分になった。

わたしはこの小品をよく知っている。リルケがまだ二十七歳のとき、助言をもとめる手紙を送ってきたひとりの学生宛に書かれた十通の手紙。第八の手紙には〈美女と野獣〉の寓話についての、あの有名な解釈が含まれている。〈もしかすると、わたしたちの人生の怪物たちはみんなわたしたちが、たった一度でも、美しさと勇気をもって行動するのを待っているだけなのかもしれません。もしかすると、わたしたちを怯えさせるすべては、その深い本質的なところでは、わたしたちの愛をもとめている無力なものなのかもしれません〉この言葉はしばしば引用されたり、言い換えられたりしているが、最近では映画『ホワイト・ゴッド』の冒頭でも引用されている。すべての怖ろしいものはわたしたちの愛を必要としているものなのだ。

皮肉には気をつけ、批判は無視すること。単純なものに目を向けること。世界のなかのささいな、慎ましいものをよく見ること。むずかしいことをむずかしいがゆえに実行し、答えを探すよりはむしろ問いを愛すること。悲しみや憂鬱から逃げようとしないこと。なぜなら、それこそあなたの仕事にまさに必要なものかもしれないからだ。孤独をもとめること、他の何よりもまず孤独をもとめること。

わたしはリルケの助言を何度も読んでいるので、暗記しているくらいである。

初めてこの手紙を読んだとき――わたしはリルケがそれを書いたのとおなじくらいの歳だったが――、これは名宛て人とおなじくらいわたしに向けて書かれていると感じた。そのすばらしい助言のすべてが作家を志望するすべての人に向けて書かれていると感じたのである。

しかし、いまでは、この文章はかつて以上に美しいと感じるにもかかわらず、落ち着かない気分にならずにはいられない。前世紀の初めにこの手紙を受け取ったとき、若き詩人が感じたにちがいないものをまったく感じることのない、わたしの学生たちのことを思わずにはいられないからである。それから四分の三世紀ほどあと、リルケの自伝的小説『マルテの手記』といっしょに、あなたがこの本を指定したとき、わたしたちが感じたことをいまの学生たちは感じない。彼らはリルケが自分に語りかけているとは感じないのだ。それどころか、自分たちを除け者にしている、とリルケを非難する。書くことは宗教みたいなもので、聖職者のようにそれに身を捧げることが要求されるなどというのは嘘だ、と彼らは言う。そんなことはばかばかしくて話にならないというのである。

リルケの死にまつわる伝説。生涯彼につきまとい、彼の作品のなかで重要なシンボルになっている花である――バラの棘に手を刺されたあと、リルケは致命的な病に倒れたという話をすると、学生たちはうめき声を洩らし、そのなかのひとりは笑いが止められなくなった。

若い作家たち――少なくともわたしたちが知っていた作家たち――が、リルケの世界は永遠だ、と信じていた時代があった。そういう世界は消えてしまった、という学生たちの意見にわたしも同意する。それにしても、わたしが彼らの歳だったころには、それが消えてしまうことがありうるとは思ってもみなかった。それも、まさか、わたしがまだ生きているうちに。

書かなくても生きていけると感じる人は書くべきではない、と言いきるリルケの言葉ほど人を不安にさせるものはない。〈夜のもっとも静かな時間に〉自分に問いかけてみるがいい、と彼は学生たちに言う。自分は書かなければいられないのか？　もしも書くことを禁じられたら、死んでしまうのか？（レディ・ガガはこの言葉を胸に、少なくとも二の腕に、刻んでいる。そこにオリジナルのドイツ語でこの言葉のタトゥーを入れているのである）

もうひとりの詩人は、〈わたしたちは愛し合うか、さもなければ死ぬかしかない〉という言葉で、世界でもっとも有名な詩のひとつになる作品の連《スタンザ》を一度は締めくくった。しかし、『一九三九年九月一日』の作者はこの詩を忌みきらうようになり、この一行のあきらかな欺瞞を苦にするあまり、それが詩集に収められる前にどうしても訂正したいと主張した。〈わたしたちは愛し合って、死んでいかなければならない〉しかし、訂正したにもかかわらず、その後も嫌悪感を抑えられず、最後には――どうしようもなく腐りきっているとして――この詩そのものを廃棄した。

わたしはオーデンのこの話を思い出した。

そして、書くことがこの人生でできる最良のことだ、とあなたもわたしも信じていた時代があったことを思い出した。〈この世界で最良の天職〉ナタリア・ギンズブルグ）

そして、いつしか、作家になる以外に人生でできることがあるのなら、どんな仕事でもいいから、それをすべきだ、とあなたが学生たちに言うようになったことを思い出した。

ちょうど去年のいまごろ。わたしはクローゼットを整理していた。いちばん上の棚から、写真や切り抜きや書類の入った箱を下ろすと、そのなかにあなたからの古い手紙があった。まだEメールがなかったころ、こんなにたくさんの手紙をもらっていたことをすっかり忘れていた。

わたしはたびたび助言をもとめていたようだ。

〈きみは何を書くべきか知りたいと言う。たとえ何を書いても、それはどうでもいいものか、すでにだれかが書いたものの焼き直しになってしまうのではないか、ときみは怖れている。しかし、忘れてはならないのは、きみのなかにはきみ以外のだれにも書けない本が少なくとも一冊はある

ということだ。わたしの助言は深く掘り進んで、それを見つけることである〉
　彼もまた涙にくれる女たちの列を残していった。しかし、二種類の女たらしのなかで、女が好きな種類だったことは間違いないだろう。わたしが話をできるのは、とリルケは言っている、女に対してだけだった。わたしが理解できて、（あまり長くなければだが）いっしょにいられるのは女たちだけだった。喜んで愛し、保護し、赦してくれるあんなに多くの女たちと出会った男はあまり多くはないだろう。

　あらためてもう一度、わたしはリルケの有名な愛の定義を思い浮かべた。〈守りあい、境界を接し、挨拶を交わしあうふたつの孤独〉

　そもそもこれにどんな意味があるというのか、とある学生は期末レポートに書いた。これは単なる言葉に過ぎず、実際に愛が生まれる場所である現実の人生とはなんの関わりもない。

　あまりにもしばしば学生のレポートに現れる憤激した、敵対的な語調。

　現実の人生では、リルケは妻に寄り添う夫ではいられず、結婚して一年ほどで別れている。彼は自分の娘の父親でもいられなかった。こども時代の体験にあれほどの豊かさや意味を見いだし、こどもについてあんなにも多くの美しい言葉を書いたリルケは、自分のたったひとりのこどもを蔑ろにした。それでも、それはその娘が彼の作品や思い出に生涯を捧げる妨げにはならなかった。そのあと、七十一歳になったとき、彼女は自殺したのだが。

　犬を愛し、じっくりと観察し、彼らと無限に心を通わせたリルケ。あるとき、スペインのカフェの外で巡り合った、醜い、腹ぼての野良犬の、訴えかけるようなまなざしのなかに〈孤独な魂を超えて、はるか彼方へ――未来へ、あるいは理解を超越するなにものかのなかへ――向かおうとするすべて〉を見て取った彼。彼は自分のコーヒーのための砂糖の塊をやった。それはいっしょにミサの朗読をしているようなものだった、と彼はのちに書いている。

リルケの作品のなかには、アポロがよく登場する。

この本は短いので、声に出しても、二時間もあれば読みおえてしまうのだが、アポロはじきに眠りこんだ。ちょうど母親がベッドサイドで本を読んでやっているこどもみたいに。母親はこの瞬間を待っていて、そっとつま先立ちで離れていくのだろうが、わたしはどこにも行けなかった。彼の体重で抑えつけられている両足がしびれた。足をピクピク動かすと、彼は目を覚ましたが、立ち上がろうとはせず、依然としてその小型本を持っているわたしの手を探して、舐めた。

それから、わたしたちはいっしょに立ち上がって、キッチンへ向かった。ドッグフードを皿に――もうその時刻だった――そそいでやり、彼が食べているあいだに、わたしは散歩に出かける支度をした。

そんなことは犬を擬人化する想像力の産物だとして、見過ごしてしまったかもしれないことだが、それがあったのはそのすぐ翌日だった。わたしがラップトップを抱えて長椅子に坐っていると、アポロが近づいてきて、コーヒーテーブルの上の本の匂いを嗅ぎはじめた。ボロボロにされてしまったので買い替えたクナウスゴールの新しいペーパーバック。彼は巨大な口をあけて、それをくわえた。ああ、二度目はご免だわ！　しかし、わたしが本を取りあげる前に、彼はそれをそっとわたしのそばに置いた。

セラピー・ドッグのことは、もちろん、聞いたことがある。病院や養護施設や被災地などで働く訓練された犬で、そのとき人間がさらされている苦難がどんなものであれ、それを軽減して、慰めをもたらすのが仕事である。もうかなり前からそういう犬たちがいて、いまでは情緒や学習障害のあるこどもの支援のためにもよく使われていることも知っている。また、話し方や読み書きの能力向上のため、こどもたちは学校や図書館で犬に向かって声を出して朗読することを奨励されている。すばらしい結果が報告されており、犬に向かって朗読するこどもたちは、ほかの人間に向かって朗読するこどもたちよりずっと進歩が速いという。聴いている犬の多くは自分でもそれを楽しんでいるように見え、油断なく身がまえ、興味をもっているそぶりを見せる。けれども、人間に本を読んでもらうことで犬にどんな利益があるかは、わたしが調べたかぎりではよくわからない。

もしかすると、だれかがアポロに本を読み聞かせていたのかもしれない。彼が訓練されたセラピー・ドッグだったとは思わない（そんな貴重な動物なら、迷子になったりするだろうか？）。けれども、だれかが彼に――あるいは、彼にではなくても、彼がいる場所で――本を読んで聞かせ、それが楽しい記憶として残っているのかもしれない。もしかすると、彼は朗読をした人が好きだったというだけなのだろうか。(それはあなただったのか？　わたしが知っているかぎり、そういうことはなかった、と妻3は言う。少なくとも、彼女がいるときには)あるいは、専門的なセラピー・ドッグではなかったが、朗読を聞くようにしつけられ、彼自身もそれを自分の役割だと自覚していて、それで褒められたり褒美をもらったりしていたのかもしれない。訓練マニュアルによれば、なんらかの仕事をするのが多くの犬の自然な姿だが(倦怠や鬱の兆候を示していた犬が、なにかの任務を与えられると、急に生き生きすることがよくあるが)、ほとんどの場合、彼らにはやるべきことが――たとえ与えられたとしても――十分には与えられていないのだという。

それとも、アポロは天才的な犬で、わたしと本のあいだになにかがあることを嗅ぎとったのだろうか。ひょっとすると、気分がよくないとき、わたしにできる最良のことは本に没頭することだとわかっているのかもしれない。あの驚異的な鼻でそれがわかるのだろうか。ある調査によれば、犬の鼻は癌を嗅ぎあてられるそうだから、ストレスの軽減や精神的な刺激や喜びによって生じる変化を嗅ぎとれるとしても、驚くことではないだろう。心臓発作を予測できる犬がいる――実際にいたらしい――のなら、鬱の発作の前兆を予知できる犬がいても、そんなに不思議ではないだろう。

実際、アポロとの暮らしが長くなればなるほど、わたしはあの無愛想な獣医が言ったことが正しいと思うようになっている。わたしたち人間は犬の脳の働きを半分も知らない。もしかすると、犬たちは――なにも言わないし、わたしたちには知る術もないけれど――わたしたちが彼らを知っているよりもはるかによくわたしたちを知っているのかもしれない。ともかく、わたしはひとつのイメージを思い浮かべずにはいられなかった。わたしが絶望の雪崩に埋もれているとき、ブランデーの小樽をぶら下げて雪のなかをやってくるセント・バーナードみたいに、アポロが本を持ってきてくれるというイメージを。

たとえ、実際には、セント・バーナードがそんなことをした例はないことを知っているとしても。

リルケの若き詩人への手紙を犬に読み聞かせたりすることが、精神的なバランスがくずれている証拠になるのかどうか、もっとはっきり断定できた時代もあったのだが。

わたしは本の読み聞かせを日課のひとつにすることにした。ただし、ほかの人たちにどう思われるかはわかっていたので、そのことはだれにも言わなかった。もっとも、それを言うなら、いまわたしが書いているこの文章には、だれにも言わなかったことがたくさん含まれているのだけれど。

書くことは奇妙なくらい告白へとつながっていく。

とてつもない大嘘につながることもないわけではないが。

リルケとおなじく、フラナリー・オコナーも、ある日とつぜん手紙を送ってきた見知らぬ人に何通もの返事を書いている。没後に出版されたオコナー書簡集では、この手紙の主は匿名を希望したため、Aと呼ばれている。Aは三十二歳で、ふたつ年上だったが、それでもオコナーは指南役《メンター》の役割を引き受ける以上のことをしている。九年間にわたって書かれたAへの手紙には、文学や宗教について、作家であると同時にカトリック教会の信者であることが何を意味するかについて、オコナーが考えたことが詰めこまれている。彼女はフィクションの執筆について自由に語り、Aが自作のフィクションを送ると、励ましの返事を書いている。Aは物語を書く才能がある、とオコナーは言い、あるひとつの物語は〝ほぼ完璧だ〟と評価した。そして、Aがスランプに陥って悩んでいると、オコナーはそれをたちまち悪魔のせいにした。敬虔なカトリック信者であるオコナーにとって、悪魔は単なる隠喩ではなかったのである。

やがて、このふたりは会うことになるが、そのあともあまり頻繁には会っていない。ただ、手紙のなかでは友情がますます深まり、ふたりはきわめて親密になって、オコナーはAを〝義理の親類〟と呼ぶまでになった。それに感激したAはカトリックへの改宗を決意し、オコナーは堅信式で名親になることに同意する。

しかし、最後に勝ったのは悪魔だった。Aは信仰を失って、教会から脱会した。彼女はいくつかのジャンルの作品を残したが、出版されたものはひとつもなかった。そして、オコナーが三十九歳で狼瘡《ろうそう》でこの世を去ってから三十四年後、七十五歳のとき、ベティとして知られていたヘーゼル・エリザベス・ヘスターは銃でみずからの命を絶った。

オコナーがわたしの指南役《メンター》で、わたしに手紙をくれていたとすれば、わたしはこういう質問をしたかもしれない。人生で自分が何をすべきか決断しなければならないとき、自分にとっていちばん高くつくものをするがいい、とシモーヌ・ヴェイユは言っているが、それは正確にはどういう意味なのか。

むずかしいことをむずかしいがゆえにやる。自分にとっていちばん高くつくものをやる。それはどんな人たちだったのだろう？

書くことが苦しみでなければ、それをする価値はない、とオコナーは言った。

それなら、ヴァージニア・ウルフに耳を傾けてみよう。感情を言葉にすれば、〈苦しみが拭い去られる〉と彼女は言っている。ひとつの場面をうまく立ち上げ、そこに登場人物をみごとに配置することにまさる喜びはない、と彼女は言う。

＊

今学期の初めての教授会。学生が指定図書を携帯電話で読むことを認めるべきか。多数意見は揺るぎなかった。ほかの電子機器はともかく、携帯電話などとんでもない。それはどういう理屈からなのか、とOPは異をとなえた。画面サイズだけの問題なら、紙の本を文庫本で読んではいけないと言うようなものではないか？　いや、それとは問題が違う、というのが大多数の意見だった。だが、十五分経っても、だれひとりどう違うのかをはっきりとは説明できなかった。

オフィス・アワー。学生Aはこのプログラムで要求されるリーディングの授業が多すぎるのが不満だと言う。わたしはほかの人たちが書いたものを読みたいわけじゃない。わたしが書いたものを人々に読んでもらいたいのだと。学生Bは、あまりにも多くの指定図書が売れなかった本や絶版の本であることを気にしている。わたしたちはもっと売れている作家を研究すべきなのではないか？

かなりよくあること。元学生から赤ちゃんができたという便りがあった。だから、それまで取り組んでいた本はしばらくわきに置いておくしかない。たぶん、こどもがすこし大きくなったら、また執筆を再開できるだろう、と彼女は言う。けれども、こどもがすこし大きく——ふつうは二歳くらいに——なると、もうひとりこどもができるのである。

次々に現れる、ライティングの勉強とほかの活動を組み合わせようという広告。書きながらグルメ・フードを楽しもう。書きながらワインを味わおう。書きながらハイキングをしよう。書きながらクルーズの旅をしよう。書きながら体重を減らそう。書きながら麻薬をやめよう。書きながら編み物、料理、パン作り、フランス語やイタリア語を学ぼう等々。きょうは、文芸フェスティバルのちらしが入っていた。〈ライティングとリラクゼーションは両立しないと言うのはだれ？　完璧な息抜きを楽しもう。ライティング・ワークショップ・スパ保養地〉（マニキュア＝

ペディキュア物語、とOPは皮肉った）

本屋で。去年出版された、友人の最新の小説が、ペーパーバックになって出ていた。はっと気づいて悲しかったのは、いまだにそれを読んでいないばかりか、その本のことをすっかり忘れていたことだった。

眼科医のところで。レザージャケットとまったくおなじ色合いに髪を黒っぽく染めた中年の女が待合室に入ってきた。見覚えがあるような気がしたが、トートバッグの〝ニューヨーク・レビュー・オブ・ブックス〟というロゴを見て、ハハン、そうか、と思わず声をあげそうになった。腰をおろすと、彼女は〝ロンドン・レビュー・オブ・ブックス〟誌を取り出した。

大学で広まっているジョーク。教授A：あの本を読んだかね？ 教授B：読んだかだって？まだ授業でも教えてないのに。

教職員クラブで。もうひとりの教師とジンを飲みながら、あれこれ憶測しては面白がった。大学で銃の乱射事件が起きた場合、自分の受け持っている学生を守るためなら盾になる気になるかならないか。

バナーのことも、右端のウィンドウのこともある。ときには、画面から隠されていて、スクロール・ダウンすると現れることもある。ジェイムズ・パタースン。世界最高のベストセラー作家、ジェイムズ・パタースン。連続二十回以上もニューヨーク・タイムズのベストセラー・リスト第一位にランクされたジェイムズ・パタースン。その成功とおなじくらい絶大な謙虚さをもつこの作家は、だれでも簡単におなじような成功を手にできると考えているらしい。あるいは、少なくとも、三十日間の返金保証付きの、二十二本のビデオ・レッスンと練習課題のための九十ドルを持っている人ならだれでも。〈これを読むのをやめて、書きはじめることです〉ジェイムズ・パタースン。世界でもっとも裕福な作家のひとり。純資産七億ドル（たぶんいまはそれ以上）。〈文章にではなく、ストーリーに集中することです〉年配の、やさしそうな、リラックスした写真。眼鏡をかけて、ダークブルーのセーターを着たふつうの男。〈白紙のページを打ち破れ！〉ときには法律用箋《リーガルパッド》に書いている姿が見える（コンピューターを使っていることはない）。〈何を待っているんです？　あなたにもベストセラーが書けるのです〉ジェイムズ・パタースン。しょっちゅうポップアップして、わたしたちを駆り立て、なだめすかし、ありえないことを約束する。悪魔のように。

冗談だろう、と州北部の農場で山羊を育てていて、山羊の乳《シェーヴル》のチーズで賞を取った友人が言う。作家のスランプはいままでぼくに起こったことのなかでいちばんいいことだった。

あなたの命日。この日のためになにかしたいと思うが、何をすればいいかわからない。これが初めてではないけれど、ネットにつないで、あなたの朗読会のビデオを見る。アポロがスクリーンに反応するのを見たことはなく、それはテレビでも変わらない（スクリーンの上の映像には、たとえそれがほかの犬でも、目の焦点を合わせられないようなのである）。声を聞かせれば、あなたの声だとわかるにちがいない。はっきりとそうと確かめてみる気になれないのは、それは残酷なことなのかもしれないと思うからだ。彼はいまやわたしの犬（わたしの犬！）になったのかもしれないが、あなたを忘れてしまったはずはないのだから。あなたの声が聞こえたら、どんなふうに感じるのだろう？　あなたがそこに閉じこめられていると思ったら、どういうことになるのだろう？

ジュディ・ガーランドのこどもたちが初めて『オズの魔法使い』を見たときの話。彼女はたまたま外国で仕事をしていて、遠くにいたのだが、こどもたちと乳母はテレビの前に坐って、その日放映されていたその映画を見た。彼女はドロシーを演じたときの年齢（十六歳）をはるかに超えていたが、こどもたちには母親だとわかった。だから、彼女はそこにいたのである！　そして、空飛ぶ猿によって魔女のもとに連れ去られてしまったのだ！　考えるに耐えないほどの感情に突き上げられて、こどもたちはわっと泣きだしたという。

郵便局で。斑の雑種犬を連れた若い女が入ってきて、列に並んだ。カウンターの背後の事務員が、ここは犬は禁止なんですけど、と言った。これは身体障害者補助犬《サービスドッグ》なのよ、と若い女が言う。

それがサービスドッグだって？　と事務員が言う。〈そうよ〉と女がほとんどけんか腰で言い放ったので、事務員は用心深く答えた。わたしは訊いただけなんですよ。バッジや鑑札が見えなかったから。女の前に並んでいた客が振り返ると、その女を見て、それから犬を見て、首を振りながら向きなおった。女はキッと身を反らし、煮えたぎるような目でわたしたち全員をにらんだ。よくもそんなことが言えるものだ。この犬はわたしの伴侶で、心の支えなのに。〈ここにいる権利がどうとかなどとよくも言えたものだ〉

このちょっと奇妙なシーンがことさら奇妙に見えたのは、その犬は後ろ肢が一本欠けていたからだった。

眠っているアポロを見守る。横腹が穏やかに上下している。お腹はいっぱいで、温かく、体も濡れていないし、きょうはもう六キロ以上も散歩した。彼が街路で体をまるめて用を足すときには、いつものように通過する車から保護してやった。公園では、スマホをいじりながらジョギングしている男がわたしたちに迫ってくると、アポロが吠えて、衝突する前にその男の行く手をさえぎった。きょうは何回か彼と綱引きをして、彼に話しかけたり、唄をうたってやったり、ちょっと詩を読んでやったりした。それから、彼の爪を切り、全身くまなくブラシをかけた。いま、こうやって眠っているのを見ていると、満足感に満たされるのを感じる。それにつづいて、もうひとつの、もっと深い思いがこみ上げてくる。ちょっと特異で、謎めいているが、同時に、完全に慣れ親しんでいる感情。それに名前を与えるのになぜたっぷり一分もかかっているのかわからない。

守りあい、境界を接し、挨拶を交わしあうふたつの孤独。アポロとわたしは、わたしたちは、まさにそれ以外のなにものでもないだろう。

物事が落ちつくのはいいことである。奇跡が起こっても起こらなくても、たとえ何が起こったとしても、わたしたちが別れることはないだろう。

9

わたしが知っている人はみんな本を書いている、とセラピストは言わずもがなのことを言った。わたしは大勢の作家と会うが、作家のスランプはかなりありふれたことだ。

しかし、わたしは作家のスランプについて話すために、そこにいるわけではなかった。早く帰りたくてたまらないのでなかったら、わたしは説明しただろう。自分が取り組んでいるのとまったくおなじテーマで、ほかのだれかが力作を主要文芸誌のひとつに発表したことを知れば、ふつうなら愕然とするはずなのに、わたしはほっとしたのである。（なるほど、そうですか、それでは、と編集者は自分でもほっとしたような声で言った、あなたはこれで自由放免ということですね）

わたしから話を引き出すために、セラピストは休暇中に何をしたかと訊ねた。わたしがそれに答えると、彼はやさしく（何を言うときでも、彼はやさしく言う）言った。それも喪失感の影響のひとつですね。他人といっしょにいたくないというのは。

他人といっしょにいるのがいやだ、と言っているわけではない。他人といっしょにいると心配なのだ。

だが、ほんとうのことを言えば、たとえアポロを置いていくのが心配ではないとしても、わたしはひとりでいたいと思っただろう。

〈はぐれ者〉とわたしが最近読んだある作家は呼んでいた。人生で以前はどうしたいと思っていたかはともかく、なんらかの理由で、だれの人生の重要な一部にもなることのなかった人間。本気で付き合っている人がいることもあるし、友だちも相当数いることさえあり、他人といっしょに過ごす時間がかなり多かったりすることもある。だが、けっして結婚はせず、こどもをつくることもない。休暇中は実家に帰ったり、ほかのグループといっしょに過ごしたりする。それが毎年のようにつづくが、そのうち、それよりは家にいるほうがいいと思っている自分にふと気づく。

でも、あなたはそういう人たちを大勢知っているんでしょう、とわたしはセラピストに言った。

じつは、と彼は言った、あまり知りません。

ここでちょっと、過去のある時期の記憶をあらたにしておきたい。大学時代の二年間、わたしはカップル・セラピストのところでアルバイトをしていた。仕事はそのセラピストのセッションの記録をタイピングすることだった。クライアントの治療に役立てるためではなく、セラピストが本を書くつもりだったからである。カップルはほとんどが中年で、全員が結婚していた。(こ

のセラピストは〝結婚生活《マリッジ》カウンセラー〟という呼び方をきらっていた。古臭いというのである）

テープを聴いていると、気が滅入ることが多かった。セラピストはどうしてこんな仕事に耐えられるのだろう、と驚いたことを覚えている。とりわけ、かなり多くのケースで、セラピーにもかかわらず、カップルは不和に折り合いをつけられず、結局は離婚することになることを知ったあとでは。しかし、それが目的であることもあるんです、とセラピストは言った、ふたりの人間が解放される手助けをしてやることが。

セラピスト自身は人目を惹くほど魅力的で、スリムで、背が高く、悩殺的な服装をしていた（ピンヒールのブーツに、体にぴったりしたニットのドレス）。四十歳で、すでに二回の離婚を経験していたが、わたしの知るかぎり、クライアントは彼女の私生活についてはなにも知らされていなかった。自分の結婚生活の経験を話せば、少なくとも、立ち止まって考えるカップルもいるのではないか、とわたしはずっと思っていた。そして、トルストイが不幸な家族について何と言っているにせよ、不幸なカップルはみんな似たようなかたちで不幸だ、とも思った。

ほとんどすべての夫が浮気の現場を見つけられたか、浮気の疑いをかけられていた。（セッションのあいだに男が浮気を白状したことも一度だけではなく、ある男が妻に向かって、じつはほかの——男を愛していると告白したこともあった）

たいていの場合、女は自分がもとめられていないとか、過小評価されているとか、さらに——これが最悪らしいのだが——話を聞いてもらえないと不平を言っていた。

男たちは自分の妻をグリム童話の漁師の妻みたいなもの――いつも小言ばかり言っていて、けっして満足することがない――と見なしていた。

わたしはいやというほど何度も、おなじ言葉が妻と夫にとってかならずしもおなじ意味をもたない証拠を見せつけられた。いつも出てくるのは似たような言葉で、わたしはそれをタイプした。〈愛、セックス、結婚、耳を傾ける、必要、助け、サポート、信頼、対等、公平、尊敬、気づかい、分かち合い、欲求、金、仕事〉そういう単語をタイプしながら、カップルが話すのを聞いていると、おなじ言葉が彼にはこういう意味だが、彼女にはああいう意味だとわかってくる。結婚相手以外のだれかと寝ることを〝不倫〟と呼ぶことに異議をとなえた男が何人かいた。不倫というのはそれが習慣になっている場合だ、とある男は主張した。彼はわたしを助けてくれないんです、とある妻が言った。そして、夫がつい先週自分がやった使い走りのリストをスラスラと列挙すると、わたしは助けて！　と言ったのよ、と絶叫した。わたしは助けてと言ったのよ。

そういうセッションをずっと聞いているうちに、もうひとつ気づいたことがあった。セラピストは、だれに向かって言っているかによって、かすかに声を変えていた。ごく微妙にだが、いつもそうしているのだった。説明するのはむずかしいが、声の高さかなにかが違うのだった。わたしの気のせいかもしれないが、強いて言えば、どちらかというと彼女は男の側の味方だったような気がする。

セラピストがわたしにまる一時間もいてほしいと考えているとは知らなかった。じつは、アポロを外につないだままにしてきたのだ、とわたしが言うと、次回は、いっしょになかにつれてきたらどうです、と彼は言った。

〈次回？〉

それで取引成立だった。セラピストはわたしの望みどおりにしてくれることになり、その代わり、わたしはまた来ることになった。

少なくとも、あと数回は来ていただくことになりますよ、と彼は言った。


アポロを横に坐らせて、セラピストのオフィスに腰をおろすと、わたしはにんまりとせずにはいられなかった。カップル・セラピーを受けているみたいだったからである。

わたしたちはうまくいっているということを除けば。

あるとき、通りですれ違った女が言い放った。犬みたいな夫より夫の代わりになる犬のほうがまし、だって、わたしはむかしから言ってるのよ。

〈むかしから？〉

まだ二十代のころ、わたしがボーを散歩させていると、男たちから卑猥な言葉を浴びせかけられることがあった。その犬があんたの男なのかい？　その犬と寝てるんだろ？　その犬とやってるんだろ、あんたは？　あんたはこいつに舐めさせているんだろうな。

通りで女の人からアポロはセクシーだとか、妬けるなどと言われると、わたしは落ち着かない気分になる。あなたは幸運ね、幸運な女だわ、とそういう女は言う。

認定証が到着すると、わたしはそれをアポロの鼻の下でひらひらさせてから、マグネットで冷蔵庫のドアに貼りつけた。

わかっているんでしょうね、と妻1は言った。自分が詐欺行為をはたらいていることを。たとえそれがいい目的のためだとしても。

ふつうの——ときにはエキゾチックな——ペットを補助動物《サービス・アニマル》として通している人が増えていることに対して、ほんとうに補助動物を必要としている人たちが正当にも怒りを感じていることを、わたしは知らないわけではない。大学の寮にスカンク、レストランにイグアナ、飛行機に豚を連れこんだりする人がいることも知っている。だから、アポロを通常許されている場所以外に連れていくことはしない、とわたしは約束する。コピーを取って建物の管理事務所に送ったあとは、認定証と米国補助動物登録所《ナショナル・サービス・アニマル・レジストリー》の鑑札は家に置いておくつもりである。

セラピストは、なんの留保もつけずに書類を作ってくれた。わたしは死別の悲しみで悪化した鬱状態および不安に苦しめられており、犬はきわめて重要な心の支えになっているので、それを失うことはわたしの精神的健康に害を及ぼし、ひいては生命を脅かすおそれがあるというわけである。

妻1はこれを面白がった。なぜなら、実際には、死別を受けいれられずにいるのは動物のほうで、あなたは彼の心の支えになっている人間なのだからと。

そろそろ、わたしは話さなければならないだろう。ほかのことはともかく、わたしがなぜ話したくないのかを説明しなければならないだろう。じつは、いまだにそうなのだから。わたしはあなたのことを話したくないし、ほかの人たちがあなたについて話すのを聞きたくもない。

言葉にできないことと沈黙の必要性についてのウィトゲンシュタインの言葉を引用したいと思う。哲学者の言葉を文脈から切り離して引用してはならない、とあなたはわたしたちに教えてくれたけれど。哲学的な言説は〈ことわざ〉ではないのだからと。

ところで、ウィトゲンシュタインは不思議な人である。四人の兄弟のうち三人までが自殺して、自分自身も何度も自殺を考えたことがあり、カフカとおなじように、命が助かる見込みのない病気だと知らされると、ほっとしたというのだが、実際に死に瀕したときの彼の言葉は、『素晴らしき哉、人生！』のジョージ・ベイリーの言葉を思わせる。わたしはすばらしい人生を送ったと彼らに言ってやってくれ！

わたしはアポロに話しかけているか、と精神科医が訊く。はい、そうしています。結びつきを強めるために、人は犬に話しかけるように勧められている。だれでも自然にそうしているのではないかと思うけれど（もっとも、わたしたちの注意力を吸い取る装置のせいで、最近ではだんだんそうしない人が増えているような気もするが）。

いつだったか、見知らぬ女がひどく動揺した声で自分のパグに話しかけているのを聞いたことがある。もちろん、今度もまたすべてわたしのせいだと言うんでしょう？　それを聞いて、犬は目をグルリとまわしたにちがいない。

そう、わたしはアポロに話しかける。しかし、あなたのことは話さない。そこが肝心なところなのだ。彼には話す必要がないのである。(〈だれもが知っているように、死者を悼む最善の方法を知っているのは犬である〉ジョイ・ウィリアムズ)

自殺でだれかを失った人たちはほかにもいるが、だからといって、わたしが感じていることを他人と共有できるわけではない。むかし、自殺でだれかをなくすことをテーマにしたラジオ番組を初めから終わりまで聞いたことがある。聴取者が電話で参加する番組だったが、自殺者にありとあらゆる言葉のつぶてが投げつけられた。罪深い、悔しまぎれ、卑怯、復讐心、無責任。病気。だれひとり自殺者が間違っていることを疑う人はいなかった。要するに、自殺する権利など存在しないのである。自殺者は利己主義と自己憐憫の怪物だった。人生という貴重な贈り物をもらいながら、なんと恩知らずなことか。自殺者は自己嫌悪に苛まれていたのかもしれないが、彼らが破滅させようとしたのは自分自身というより、むしろあとに残される家族であり、友人たちだというのだった。

なんの助けにもならない言葉ばかりだった。

わたしはこの一年間に自殺に関する本を十冊以上読んだが、やはりおなじだった。興味深いことを学びはしたけれど。たとえば、古代の賢人のなかには、自由意志による死は、一般的には罪深いことではあるが、道徳的には受けいれられるものであり、耐えがたい苦痛や憂鬱や不名誉――あるいは、ただ単なる退屈――から逃れる手段としては、名誉あることでさえあるとした人もいたこと。後世の思想家のなかにも、キリスト教では自殺は厳禁されているにもかかわらず

(もっとも、聖書のどこを探しても、はっきりとそれが悪だと断言している箇所は見つからないが)、キリストみずからがまさに自殺したのではないかと仄めかしている人がいること。西欧諸国では、自殺者の遺書がいちばん増えたのは十八世紀で、当時は通常、ほかの公告と並んで、新聞に掲載されることになっていたということ。

さらに、決定的だったのは、一人称で文章を書くことは自殺のおそれがある兆候と見なされていたということだった。

助けになったのは、何年も前にたまたまおなじ雑誌の仕事をしているとき、知り合ったある女性の言葉だった。まだ若かった新婚時代に、夫がとつぜん自殺して、彼女は未亡人になった。ある日にはいっしょに将来の計画を立てていたのに、その次の日には死んでしまったのである。初めのころは、それを理解するためにできるだけのことをするのが彼に対する義務だと思っていた。けれども、やがて、それは間違いだと気づいた。彼は沈黙を選んだのであり、彼の死は謎だった。最後には、彼の沈黙は、彼の謎はそっとそのままにしておくべきだと思うようになったのだという。

狂気に片足を突っこんで生きている感覚や、現実の歪み、ときおり舞い降りてくる霧、記憶を喪失したような落ち着かない気分について、わたしは話した。(この教室でわたしは何をしているのか? どうして、この鏡に映っているわたしの顔はこんなに気味が悪いのか? わたしがそんなことを書いたのか? どういうつもりだったのか?)

いくらたくさん眠ってもどんなに疲れきっているかについても、わたしは話した。年中なにかにぶつかったり、物を落としたり、足がもつれたりすることも。ふらふらと車道に出ていって、そばに立っていた人が引き戻してくれなかったら、車に轢かれていたかもしれないことも。何日もなにも食べなかったり、ジャンクフードばかり食べていたり。ばかげた不安を抱いたり。ガス洩れがあって、この建物が爆発したら？　なにかをなくしたり、置き忘れたり。税金の支払いを忘れたり。

それはすべて死別の喪失感の症状です、とセラピストは言わずと知れたことを言う。ドクター歴然。

それでも、ねえ、アポロ、セッションを四、五回つづけたら、ほんとうにすこし気分がよくなったような気がするわ。

ウィトゲンシュタインについてもうひとつ。一九四六年のケンブリッジ大学でのウィトゲンシュタインの講義に出席したフリーマン・ダイソンによれば、勇気ある女性が教室に現れると、彼女がそれを察して出ていくまで、彼はずっと黙っていたという。

〈わたしは毎日だんだんばかになっていく〉と、この哲学者がつぶやくのをダイソンは耳にした。

少なくとも、女に関しては。

偉大な男の知性に過大な信頼をおきたくなったら、これを思い出すがいい。それは猫を見て、神だと宣言した。それは女を見て、人間なのかと質問した。そして、ひとたびその硬い殻が割れると、で、魂はあるのか、と訊いた。

自分がどう感じているのかを言えないわけではない。とても単純なことなのだ。わたしはあなたがいなくて寂しい。毎日、あなたがいなくて寂しい。あなたがいなくてとても寂しい。

また一休み。こんどはウィトゲンシュタインが〝すばらしい人生〟と言ったのはどういう意味だったのかを考えてみたい。

そして、姉のグレーテルがどんなふうに感じていたのか。三人の兄弟が自殺して、しかも夫も自殺しているのだが。

最初にその知らせを聞いたあとの、なにかの間違いだとしか思えなかった、あの不可思議な瞬間のことを、わたしはセラピストに話した。あなたはいなくなったが、死んではいなかった。むしろ、ただ行方不明になっているだけだという気がした。まるであなたがわたしたちにぞっとするこどもじみた悪戯をしかけようとしているみたいに。あなたは行方が知れないだけで、死んではいない。つまり、また戻ってこられるはずだった。あなたは戻ってこられるし、戻ってこられるのなら、戻ってくるにちがいなかった。それはもう何年も前のあの短い時期に似通っていた。これは単なるストレスか、疲労か、なにか変則的な一時期で、何であるにせよこの問題が収まれば、またわたしの見かけはもとに戻ると思っていたあの時期に。

のちに、わたしは自分がしばしばある映画の一場面を思い出していることに気づいた。フーディーニの映画『魔術の恋』の最後のシーン。トニー・カーティス主演の古い五〇年代の映画で、わたしがまだ十代のとき、テレビで見たのである。華々しい脱出劇で世界的に有名になったフーディーニが、両足を足枷で固定され、逆さにされて沈められた水中のタンクから脱出しようとしているときに死ぬ。中国式水責め箱のときはうまくやってのけたのに、今度は、観客は知らなかったが、彼は虫垂が破裂した痛みがあり、体力が弱まっていたのである。

死んでいくとき、この魔術の巨匠は妻に約束した。もしもなにかの方法があれば、わたしは戻ってくる。

それを聞いたとき、わたしは鳥肌が立つのを感じたが、いまでもそれを聞くと、心がさわぐ。たとえ本物のフーディーニは病院のベッドで死んだこと、いまわの言葉は〝わたしは戦うのに疲れた〟だったことを知っていても。


もうひとつ、記憶を引きずり上げる。こんどは、わたしはもっとずっと若く、まだこどもだった。友人の家での誕生日パーティ。大きな灰青色《スレートグレイ》のヴィクトリア朝風の建物で、わたしには薄気味わるい城みたいに見えた。隠れんぼ。わたしが鬼だった。数をかぞえおえて、目をあける。午後の遅い時刻で、季節は冬、このゲームのために照明はすべて消されていた。ほんの数分前には、明るく騒々しい生命に満ちあふれた場所だったのに、いまやその建物は霊廟《れいびょう》みたいだった。隠れ場所から出て、様子を見に来た最初の何人かが、絨毯に大の字になってうつ伏せに倒れているわたしを発見したのだという。

興奮しすぎていたし、アイスクリームとケーキを食べ過ぎたからだ、と大人たちは誤解した。いつも大人たちがこどもの苦しみを誤解するように。心の芯まで怯えていたわたしは、言葉が出てこなかったので、誤解を正そうともしなかった。だが、わたしはけっして忘れなかった。〈死んだような静けさ〉という使い古された言葉を聞くと、いまでも即座にそのときのすべてが目に浮かぶ。

その前の年に、祖母が姿を消していた。その後まもなく、小学校の校長先生も。そんなふうに消えてしまったことを納得させてくれるようなどんな説明もなかった。けれども、なにか始末に負えないことと関わりがあり、それについては口を閉ざしていなければならないこと――それだけははっきりしていた。

恐怖は心の底に沁みこんだ。ほかのこどもたちは隠れているのではなく、消えてしまっていた。あの暗闇に吸いこまれて、二度と戻ってこなかった。あとに残されたのはわたし――〈鬼〉――だけだった。ひとりきり、ひとりきり、ひとりきりだった。目の前の部屋が泳いだ。わたしは気を失うまえに、食べたものを吐いていた。

いま思い出したのだが、そういえば、グレーテル・ウィトゲンシュタインの義理の父親もみずから命を絶っている。

あなたの夢を見ることがあるか？

わたしは忠実にそれを描写する。はるか前方のだれかに必死に追いつこうとして、深い雪のなかを苦労して進んでいく。黒いコートの人影。広大な白い毛布のなかの三角形の裂け目みたいに見える。わたしはあなたの名前を呼ぶ。あなたはクルリと振り向くと、手旗信号みたいに両腕を振りはじめる。だが、わたしにはその意味がわからない。もっと急げと言っているのか、止まって引き返せと言っているのか？　わからない苦しさ。そこで夢は終わる。あるいは、少なくとも、わたしが覚えているのはそれだけなのだ、と（弁解する理由もないのに、弁解する口調で）わたしは言う。

わたしはあなたの姿を見かけるときのことを話す。そのたびに、わたしの心臓は跳ね上がる。しかし、わたしがあなたと勘違いする人はほとんどいつも、どうしてか、死んだときのあなたの年齢ではなく、人生の別の時期のあなたに似ている人なのだ。一度、キャンパスで、知り合ったばかりのころのあなたに似ている人を見かけたとき、わたしはほとんど歓喜の叫びをあげそうになった。


わたしはふいに激しい怒りに駆られることがあることを告白する。たとえば、ミッドタウンを歩いている。ラッシュアワーのピークで、人々が両方向に流れていく。と、ふいに自分のなかにフツフツと怒りが湧いて、殺気立っていることに気づくのだ。ここにいる大勢の人たちはいったい何者なのだろう。どうして公平だと言えるのか、そもそもどうしてそんなことがありうるのか。

こういう人たちがみんな、完璧に平凡なこういう人たちが生きているのに、あなたは——

セラピストがさえぎって、あなたは選択をしたのだ、と指摘した。

たしかに、わたしはすぐにそれを忘れてしまう。なぜなら、しばしばそうではなかったような気がするからだ。それはまったく選択ではなく、すこしも自由意志による行為ではなく、たまたまあなたに降りかかったとんでもない事故だったような気がするのである。

それもまったくの見当違いではないだろう、とわたしは思う。自分を殺すなんて、物事の自然な流れに反しているのは疑いの余地もないのだから。

〈犬や、馬や、ネズミは生きているのに、何故に汝は息をしておらぬのじゃ？〉とリア王は涙を流す。この汝は娘のコーディリアだが。

わたしは学生に対する怒りを抑えられなくなりそうになることがある。英文学専攻なのに、どうしてクエスチョンマークのあとにはピリオドを打たないことを知らないのか？　大学院生ともあろうものが、なぜ小説と回想録の区別もできず、ちゃんとした長さの本を〝小品《ピース》〟と呼ぶのか？

その週のわずか五十ページの指定教材を読めなかった言いわけとして、陪審員としての義務があったからなどと言う学生は殴ってやりたい。

わたしのクラスを取ろうかどうか考えている学生からの質問状は、回答せずに削除する。（質問の最たるもの。あなたは句読点の打ち方や文法を過度に気にかけますか？）

そんなふうにいろんなものに怒りを感じていながら、あなたに対しては怒ろうとしない、とセラピストは言った。怒りもしなければ、非難もしない。それは自殺は正当化できると考えているからなのか？

プラトンはそう考えていた。セネカもそう考えていた。

しかし、わたしはどう考えているのか？　あなたがなぜ自殺したと考えているのか？

〈なぜなら、あなたは水を満たされたタンクのなかに逆さに吊されていたから〉

〈なぜなら、あなたは痛みに苦しめられて、体力が落ちていたから〉

〈なぜなら、あなたは戦うことに疲れていたから〉

一時間のあいだ、ほとんどなにも言わないこともあった。なにか言おうとするたびに、わたしは泣きくずれた。何度か試みたあと、わたしはあきらめて、帰る時刻が来るまでそこに坐ったまま泣きつづけた。

わたしが話そうとしたのは、ベルリンであなたと会ったときのことだった。その年、わたしは特別研究員の奨学金をもらってベルリンに滞在していた。あなたは旅の途中で寄ったのだ。あなたの最新作のドイツ語版が発行されたばかりだった。わたしたちは長い週末をいっしょに過ごした。

作家、ハインリヒ・フォン・クライストの墓を訪れたい、とあなたは言った。一八一一年に、三十四歳で、彼が拳銃自殺した場所である。わたしはその物語を知っていた。生涯にわたって絶望に苛まれたクライストは、長いあいだ死にたいと思っていた。ただ、ひとりでは死にたくなかったのである。彼はむかしから心中という考えに惹かれていた。理想の恋人。彼といっしょに死にたいと心から願っている女。

ヘンリエッテ・フォーゲルは彼が働きかけた初めての女ではなかった。しかし、ロマンチックな心中の提案を喜び勇んで受けいれたのは、三十一歳で末期癌と診断されていた彼女が初めてだった。

彼女の左胸を撃ったあと、クライストは自分の口のなかを撃ち抜いた。男の仕事である。それはオーガスムを味わえる行為になる、とふたりは期待していたらしい。

その前夜に彼らを見かけた証人によれば、彼らはリラックスして、楽しそうに食事をしていたという。そして、ふたりともクリスチャンだったにもかかわらず、死ねばもっといい世界に、天使に囲まれた永遠の至福の世界に行けると思っていたらしく――他者への暴力だけでなく、自分自身に暴力をふるった人間をも待っているという永遠の責め苦を怖れてはいなかった。

既婚者だったフォーゲルは、夫への最後の手紙のなかで、死んでもクライストと離ればなれにしないように頼み、ふたりは自分たちが倒れたその場所に埋葬された。小ヴァン《クライナー・ヴァンゼー》湖として知られる湖の青々とした斜面の木陰に。

多くの埋葬地と同様に、そこは心安まる場所だった。わたしは何度となくひとりでそこを訪れたものだった(その後、この墓地は改修されたが、そのあとには行っていない)。ほとんどいつも、たとえ冬でも、クライストの墓には新しい花が添えられていた。大学時代に初めて読んだときから、わたしは彼の作品が好きだったので、彼が眠っている場所にいられるのはうれしかった。そこをグリム兄弟が歩いたことや、まさにその場所で、リルケがノートに詩行を書きつけたことに思いを馳せながら。

その日、ヴァンゼー橋を渡ったとき、わたしたちは二羽の白鳥がつがっているのを見た。それは人が想像しがちな優雅な光景ではなく——雌はあやうく溺れかかっているように見えた。いずれにせよ、その滑稽なドタバタ騒ぎで首尾よく事が運んでいるとは思えなかった。

けれども、その後まもなく、橋をくぐる散歩道を歩いていると、驚くほど岸に近い場所に彼らの巣を見つけた。わたしはそこにも何度か足を運んだが、たいていは片方——たぶん雌だと思う——が巣の上に丸くなって眠っているか坐っているかで、もう一方は近くをゆっくり泳いでいた。ときには、いっしょにせっせと仕事をして、小枝やイグサで巣を拡張していて、しまいには巨大なソンブレロを思わせる大きさになった。

白鳥は一夫一婦制で、ずっとおなじ相手と連れ添って暮らすことはよく知られている。それほど知られていないのは、彼らもときには浮気をすることがあることだろう。わたし自身もこのつがいの片方が——たぶん雄のほうだと思うが——湖の別の場所の、もう一羽の白鳥のもとに通っているのを発見した。

巣のなかに卵があるのを見たことはなかったが、そのうち雛が見られるのではないかと期待していた。ところが、ある日、巣が姿を消していた。何が起こったのかわからなかった。白鳥たちは新しい巣を作りはじめたが、ほどなくそれもなくなっていた。

ヴァン湖の白鳥は、一日の終わりに姿を見せることが多く、その羽根は刻々と変化する夕焼けの色に染まっている。バラ色に染まった白鳥、フラミンゴのようなピンクの白鳥、菫《すみれ》みたいに青く染まっていたり、日没後の濃い紫に染まった夜の白鳥を見ることもあった。夢から抜け出した鳥。世界の美しさを思わせる鳥。天国の。

彼は恐ろしく残忍な男だったにちがいない、というのがわたしたちの意見だった。自分の詩の力を利用して、おとなしい、不治の病にかかった女をそそのかして、銃で撃たれる気にさせるなんて。

しかし、彼女のほうはどうだったのだろう？　いずれにしても、彼女は死ぬ運命だった。代理人を介しての自殺。それが死を早めたのは事実だが、ひどい苦しみから免れられたのもほぼ確かだろう。もうひとりの人間が殺人を犯したあと自殺できるようにしてやること――この場合、その人間は、絶望していたかもしれないが、まだ若く、生き延びれば、それからまだ長いあいだ、天才的な文学を創造しつづけたかもしれなかったのだが――それを正当化できるだろうか？

もしクライストが死の道づれを見つけられなかったら――彼女以前のほかの女たちのように、彼女も彼の狂気じみた頼みを拒否していたら――何が起こったかはわからない。あるいは、何が起こらなかったか。実際のところ、考えれば考えるほど、マダム・フォーゲルに答えてもらいたい疑問が増えていく。これはいったいどんな愛だったのか？　彼女には相手を説得して命を救ってやろうという考えは浮かばなかったのか？

わたしはなぜ〝天国の〟と書いたのだろう、といまになって驚いている。そんな場所が存在するとは信じてもいないくせに。

ひとりでやりたくない人にとって、インターネットはまさに天の賜物だろう。ときには遠く離れて暮らしている、完全に見知らぬ他人同士が、オンラインで相手を見つけて、日取りを決める。ノルウェイの男がニュージーランドに飛んで、そこでもうひとりの男といっしょに崖から飛び降りる。ひとりの男とひとりの女が湖畔のリゾートホテルに別々の部屋を予約して、手錠でつながったかたちでいっしょに溺死しているのが発見された。集団自殺の傾向がとくに強い日本では、絶えず夥しい遺体が発見されている。けれども、日本で自殺者に好まれる場所と言えば、有名な青木ヶ原の樹海で、富士山の裾野に広がるこの場所には、小道に〈あなたはひとりではない〉とか〈両親のことを考えてごらんなさい〉とかいう立て札があったり、ホットラインにつながる電話が置かれていたりするのだが、それでもそこが世界有数の自殺の名所でありつづけることを阻止するには至らず、合衆国のナンバーワン・スポットであるゴールデンゲート・ブリッジと競り合っている。

ベルリン。わたしが覚えているのは、あなたはとても上機嫌だったことである。出版に付きもののまぐれあたりのひとつとして(あなたによれば、いまや、ほとんどがまぐれあたりだというが)、本国ではあまり売れなかったあなたの本が、ヨーロッパではベストセラーになった。それで、そのときのツアーでは、あなたは王侯並みの待遇を受けていた。あなたはドイツ滞在を楽しんでいた。（あなたがいつも言っているように）ドイツの読者は熱心なことで知られていたし、とくにベルリンはあなたの好きな都市のひとつで、パリとおなじように、そぞろ歩きの伝統豊かな、散歩には理想的な街だからである。

あなたが来ると聞いたとき、どんなにうれしかったことか。わたしはあなたに会えなくて寂しかった。それに、このときはあなたが独身でいられるめったにない期間のひとつだったし、国から遠く離れていたので——海外からの男女の訪問客は、当然のことながら、しばしば夫婦と見なされることが多く——ときには本物の夫婦みたいな、休暇旅行中の夫婦みたいな気分になれたからである。いずれにせよ、その週末には、あなたと特別に親密になれたと感じたし、あなたが出発したときには、大きなものを失ったような気がしたものだった。

そういうすべてがわたしの記憶にまざまざと刻みこまれている。セラピストのオフィスに坐っているときにも、それがわたしの頭を占領していたのだが、泣くのをやめられなかったので、それについて話すことはできなかった。

よく考えてみたにもかかわらず、なぜ〝天国の〟を残したのだろう、と、いま、わたしは考えている。

わたしはあなたに恋をしている、と彼は考えている。むかしからずっとあなたに恋をしているのだと。それを指摘する声はいつものやさしい声とは違っていた。やさしくないわけではなかったが、わたしの誤解でなければだが、ちょっぴり苛立っているような声だった。それとも、ただ強調しようとしているだけだったのだろうか。

それが死別の哀しみを複雑なものにしている、と彼は説明する。わたしは恋人のように、妻のように、あなたの死を嘆き悲しんでいるのだと。

それについて書いてみれば、なにかの助けになるかもしれない、と最後のセッションで、彼は言った。

助けにはならないかもしれないが。

思い出すことがどんなに苦痛なことかを忘れていた、とわたしの学生のひとりが書いた。まだ十八歳でしかないのにもかかわらず。

ある午後遅く、わたしの家のベルを押して、そのニュースを届けてくれたのはヘクターだった。ほかの借家人から苦情が出ていないので、アポロをサポート犬として手許に置きたいというわたしの要望にあえて異議を唱える意味はないだろう、と建物の管理会社が家主に勧告したという。(いまや認定証があるからには、わたしが生きているかぎり、たとえアポロが死んだあとでも、おそらくなんの咎め立てもなしにアパートで犬を飼うことができるはずだ、とある友人は指摘した。それはそうかもしれないが、わたしはこんな誤魔化しをやるのは一度かぎりにしたいと思っている。それに、アポロが死んで、アポロの代わりを見つけるという考えが、すでにわたしには耐えがたかった)

ヘクターは満面に笑みをたたえていた。わたしは安堵のあまり思わず目を潤ませた。

それじゃ、お祝いをしなくちゃ、とわたしは言った。

たまたま、わたしは学生からもらったシャンパンをまだあけていなかった。

10

年老いたペットを見守らざるをえなくなれば、だれでもギャヴィン・ユーアートに似た気持ちになるだろう。病気からの回復期にある十四歳の猫が、〈あの最後の宿命的な憎むべき獣医への訪問〉の前に、せめてもう一度夏を過ごせるように祈るこの詩人みたいに。

アポロの鼻づらに灰色の毛が交じり、目の縁が赤くなっている。日によってはひどくこわばった歩き方をしたり、ときには立ち上がるのに二度踏ん張らなければならない。それを見ていると、わたしの心が痛む。獣医から渡された注意事項のリスト、年老いた犬によく見られる病気や衰弱の兆候のリストに、わたしはたじろぐ。〈〈よぼよぼになってしまったら、どうやって世話をするつもり?〉〉次の健診までの六カ月のあいだに、関節炎は悪化していた。

奇跡はひとつだけでは足りなかった。どうしようもない事態は避けられた。わたしたちが離ればなれになるか、アパートを追い出されるという惨事は免れた——けれども、申しわけないが、それだけでは十分ではなかった。いまや、わたしは漁師の妻みたいなもので、まだまだ欲しいものがあった。もう一度の夏だけではなく、二度、三度、四度の夏が欲しい。アポロにはわたしとおなじだけ長生きしてほしい。それ以下では不当だとしか思えなかった。

それに、最後には、なぜ獣医への訪問が不可避なのか？　なぜ彼は家で、眠っているうちに、安らかに、死ねないのか？　それに値するいい犬なのに？

彼を救ってやったあとで、なぜこんどは彼が苦しむのを——苦しんで死んでいくのを見守り、そのあと、彼なしで、ひとり取り残されなければならないのか？

わたしがそういうことを考えているとき、彼にはそれがわかるのだと思う。そばにいれば、わたしの注意を自分に惹きつけようとする。わたしの気をそらそうとするかのように。

動物たちは自分がいつか死ぬことを知らないが、実際に死にかけているときには、多くの動物にはそれがわかる、と広く信じられている。それなら、死にかけている動物はいつの時点でそれが起こっていることに気づくのか？　かなり前から気づいていることもあるのだろうか？　そして、動物たちは老化に対してどんな反応を示すのだろう？　完全に困惑してしまうのか、その兆候が何を意味するか直感的に悟るのか？　これらはばかげた質問だろうか？　そうであることをわたしは認める。それでもやはり、気になるのだ。

アポロにはお気にいりの玩具がある。硬いゴム製の真っ赤な引っ張りっこの玩具である。わたしたちが引っ張りっこをするとき、彼が洩らす疑似巨大犬じみた声がわたしは好きだ。しかし、彼にとっての楽しみは、わざとわたしに勝たせたふりをすることにあるのだと思う。(彼が自分の強さをどの程度意識しているのかいないのかは、いまでもよくわからない。ただ、彼が全力を出しているのを見たことがないのは確かである) 彼はほかの玩具には興味を示さない。わたしは新しい玩具を買うのをやめないけれど。彼がそこで遊ぶのが見られるとはもはや期待していないのに、ドッグパークに連れていくのをやめないように。彼はほかの犬には、ほかの人間と同様に、興味を示さない。わたしはそれが気になって仕方がないのだが。〈なぜおまえは遊ぼうとしないの? パークにはあんなにたくさんすてきな、仲よくできそうな犬たちがいるのに!〉

しかし、なぜそれが問題なのだろう? それは自分のこどもが、すごく人気があるわけではないにしても、少なくともひとりぼっちでいてほしくない、と願う親みたいなものかもしれない。一匹だけでもいいから、ほかの犬と仲よくしてくれれば、わたしはとてもうれしいのに。恋をしてくれたってかまわない。去勢されているからといって、ほかの犬に特別な感情を抱けないわけではないだろう、違うだろうか? わたしたちはベラという名前のじつにすてきなシルヴァーのナポリタン・マスティフとよく会うのだが。(擬人化は避けられない、とわたしは覚悟を決めた。それを隠そうとすることはあっても、それをしないように努力するのはもうやめた)

おおいに賛美されている犬の忠実さについて。犬が忠実なのは人間に対してであって、ほかの犬に対してではない、とカール・クラウスは指摘している。だから、かならずしもこの美徳の最適な例だとは言えないと。事実、じつにしばしば犬は、たとえおなじ血統の犬同士でも、ほかの犬に敵意を抱く。

けさ、わたしはまた目撃した。引き綱につながれた二匹の犬が、たがいに相手の姿を見るやいなや、うなりながら跳びかかろうとするところを。

〈この野郎。憎いやつめ。くたばりやがれ。その鼻づらを嚙み切ってやるぞ、このくそ野郎。殺すぞ。おれが綱につながれていて、おまえは運がよかったんだぞ。さもなければ、おまえの玉を食いちぎってやるのに〉

ほとんど息が止まりかねないほど猛烈な勢いで綱を引っ張って、彼らはたがいに跳びかかろうとしていた。

アポロはそういうことはしない。彼がほかの犬を侮辱したり、攻撃したり、脅したりするのは見たことがない。じつにいろんな目にあってきたにもかかわらず、彼はやさしいままで、いわば人間性(ほかにどう言えばいいのだろう?)を失うことはない。

あるとき、わたしたちがある建物の前を通りかかったとき、玄関の階段のアポロの頭とおなじくらいの高さに猫が坐っていた。猫は跳ね起きて、背中をまるめ、アポロの顔に唾を吐きかけた。アポロがもう一方の頰を差し出すと、猫はさっと前肢を伸ばして、それをたたいた。一瞬、わたしは猫のことが心配になったが、アポロは黙って歩きつづけた。彼はトラブルは望まない。平和を望んでいるのである。

年老いてはいても、人目をひくほど美しい生きものなので、人々はよくハッと息を吞む。

若いときには、どんな感じだったのだろう。

あなたが愛するようになった人が、知り合う前にどんな感じだったのか知りたい、と思うのはめずらしいことではないだろう。愛する人がどんなこどもだったのか知らないと思うと、ほとんど胸が痛むと言っても過言ではない。わたしはいままで恋をしたすべての男についても、たくさんの親しい友だちについても、そう感じたが、いまでは、アポロについてもおなじように感じている。

元気に跳ねまわっていた若い犬としての彼を知らず、小犬の時代もまったく知らないのである！　ただ寂しいだけではなく、なんだか騙されたような気がする。むかしを偲ばせる写真一枚ないのだから。わたしは本のなかやオンラインで見つけたハールクイン・グレートデンの小犬の写真で我慢するしかない。じつを言えば、そういうものを見つけようとして、もうかなりの時間を費やしているのだが。

一度だけ、こんなことがあった。ソーホーで散歩をしているとき、やはりハールクインのグレートデンを散歩させている人に出くわした。人間のほうはどちらもゾクッとしたのだが、犬たちはたがいに素知らぬ顔だった。

犬にはなにかしら悪いことが起きる。それがそのむかし、わたしがこども向けの本から学んだ教訓だった。そういう本に登場する動物たちは、しばしば悲惨な最期を遂げていた。『黄色い老犬』『赤い小馬』。たとえ死なない場合でも、ただ生き延びるだけでなく最後には幸せに暮らした場合でも、彼らはしばしばひどく苦しみ、地獄のような体験をする。『黒馬物語』『我が友フリッカ』『白い牙』『野性の呼び声』。実在の犬の生涯にもとづく自伝『ビューティフル・ジョー』でも残酷な場面が多く、物語の初めに野蛮な飼い主はジョーの耳と尻尾を斧で切り落としてしまう。ほかの多くの読者もそうだったにちがいないが、わたしも泣きながらそういう本を読んだことを覚えている(哀れなジョーのときほど激しく泣いたことはなかった)。それでも読んだことを後悔はしなかったけれど。こどもと動物が結びつく物語ほど感動的なものがほかにあるだろうか? 自分が物を書きたいと思っていることを最初に意識したとき、自分が書きたいのはそういう物語だとわたしは確信していた。実際には、一度も書いたことがないのだが。

幼いとき、人間は動物を対等な存在として、自分の同類として見る。人間はほかのどんな動物とも違う、唯一無二の、動物よりすぐれた存在だ——というのは教えこまれることなのである。こどもたちは、人間以外の動物ばかりが住む世界を空想する。わたしは自分がなにかの動物、猫かウサギか馬になったふりをするのが好きだった。そして、言葉の代わりに動物の啼き声でしゃべろうとしたり、手を使って食べることを拒否したりしたものだった。ときにはそれがあまり長くつづき、しかも確信犯的だったので、両親が心配しはじめるほどだった。それはゲームだったが、その底にはごく真剣なものがあり、それは大人になってからも完全には消えなかった。人類の一員にはならないでいたいという願望。

ミラン・クンデラの小説『存在の耐えられない軽さ』でも、犬によくないことが起きる。この犬は小犬のときに主人公のトマシュから妻のテレーザに——彼がテレーザと結婚したのとおなじ理由、つまり、度しがたい女漁りという悪癖で彼女に与えた苦痛と屈辱への償いとして——贈られる。そして、牝犬だったにもかかわらず、気まぐれから別の小説の男性主人公、アンナ・カレーニナの夫にちなんでカレーニンと名づけられる。カレーニンは変化が大嫌いで、田舎暮らしが気にいっており、豚と友だちになったりするのだが、やがて末期癌にかかって、眠らされることになる。

クンデラは創世記第一章第二十六節について独自の解釈をしている。〈人間の真の善良性が前面に出るのは、その受容者が完全に無力なときに限られる〉だとすれば、彼らに生死を委ねられた者たちを人類がどう扱うかを見ればいいことになるだろう。こういう倫理的な試練にかけられたとき、〈人類は……あまりにも根源的な大失敗を犯したので、そのほかのすべてはその失敗に端を発する〉。

犬のカレーニンとテレーザはたがいにひたむきに愛し合っている。その純粋で、無私な結びつきを考えると、堕落した、悩み多い、永遠に妥協と失望を強いられるトマシュとの関係よりも、こちらのほうが、偉大ではないとしても、よりよい関係なのではないかとテレーザは結論するのだった。

人間と動物の関係をクンデラは〈素朴なもの〉だとしている。動物はわたしたちといっしょにエデンの園から追放されたわけではないからだ。彼らはまだエデンの園にいるままで、肉体と魂の分離というような問題の複雑化に悩まされていない。だから、彼らとの愛と友情によって、わたしたちはふたたびエデンの園と結びつくことができるのである。たとえ一本の糸でだけだとしても。

さらに大胆なことを言う人たちもいる。犬は悪に染まっていないだけではなく、天界の生きもの、天使の化身であり、人々が生きるのを見守り、助けるために送られた毛皮を着た守護霊だというのである。猫の神格化と同様に、こういう考えもインターネットの至るところで見られ、ますます広がっている。こういうものを見ると、わたしは訝らずにはいられない。人間について、という意味だが。

『恥辱』でも、たくさんの犬にとても悪いことが起きる。問いかけずにはいられないのは、なぜデヴィッド・ルーリーがあの一匹を、あきらかに彼を愛するようになり、彼も特別な愛着を感じている雑種犬を助けてやろうとしないのかということだ。なぜあの犬を——障害があるがまだ若く、あきらかに音楽を聴く耳をもっている、いい犬なのに——動物愛護クリニックで始末されるすべての望まれない犬の宿命から免れさせてやろうとはしないのか？　なぜルーリーは、この一匹の犬を手許に置いてやろうとはせずに、あくまでもそれを犠牲にしようとするのか？

『羊たちの沈黙』のＦＢＩ訓練生スターリングは、叔父の牧場で暮らしていた少女のころ、春の大量屠殺からなんとかして羊を救おうとしたことを、ハンニバル・レクターに語った。どんなふうに一頭の羊を抱き上げて、逃げようとしたか？〈一頭だけでも助けられればと思ったんだけど……重かった。とても重かったんです〉結局は、ルーリーとおなじように、彼女も死の刻印の押された動物を助けられなかった。たった一頭ですら。

＊

わたしたちは犬が考えることを知っている。だが、彼らにも意見があるのだろうか？

動物はわたしたちとはちがって嫌悪感を抱かないという事実を、クンデラは重視している。（猫についてさえ？）ほんとうにそうなのかどうかわたしは確信をもてないが、犬がわたしたちを批判したり、こうと決めつけたりしないことが、わたしたちが彼らに親しみを抱く大きな理由のひとつであるのは否定できないだろう。（だからこそ、難読症のこどもに犬に向かって朗読させるのはじつにすばらしいアイディアだ、と教育者は考えているのである。もしかすると、ローリー・アンダーソンやヨーヨー・マのような演奏家が、居並ぶ聴衆を犬だと想像すると言われるのも、そのせいかもしれない）

感謝。保護犬がそういう気持ちを抱いていると人々が言うとき、それは錯覚ではないと思う。わたしはしばしばアポロがわたしに感謝の気持ちを抱いていると感じる。

彼がなにかを待ち望むことがあるのかどうか、わたしは知りたい。〈彼女はもうすぐ帰ってくるだろう。食事が待ち遠しい！　あしたもあるさ〉

それよりもっと知りたいのは、過去をどんなふうに覚えているのかということだ。彼らも懐かしく思い出すことがあるのか？　後悔することは？　大切な、あまい思い出は？　ほろ苦い記憶は？　あれほど鋭い嗅覚に恵まれているのに、なぜ犬たちはプルースト的瞬間を体験できないのか？

なぜ彼らにもわかったぞ《ユーレカ》という瞬間や、突然のひらめきといったものがないと言えるのか？

初めのころ、ときどきわたしをじっと見ていることに気づいたが、わたしが彼のほうを見ると、すっと顔をそむけたものだった。いまでは、彼はよくその巨大な頭をわたしの膝にのせて、いかにもなにか言いたげに横目でわたしを見上げる。


どんなことを彼に話すのですか？　と精神科医が知りたがる。

わたしはたいていはなにか質問しているような気がする。どうしたの？　昼寝は気持ちよかった？　夢のなかでなにか追いかけていたの？　外に行きたい？　お腹が空いた？　気分はどう？関節炎は痛む？　どうしてほかの犬と遊ぼうとしないの？　おまえは天使なのかしら？　本を読んでほしい？　それとも、唄をうたってほしい？　だれがおまえを愛しているの？　おまえはわたしを愛してる？　永遠にわたしを愛してくれる？　ダンスをしたい？　わたしはいままでおまえが出会ったなかでいちばんいい人間かしら？　わたしがお酒を飲んでいたことがわかる？　このジーンズは肥って見えるかしら？

〈動物と話ができたら〉という唄がある。

彼らがわたしたちに話すことができたら、という意味だが。

しかし、もちろん、そんなことになれば、すべては台無しになってしまうだろう。

家中が犬臭いね、と訪ねてきたある人が言った。なんとかするつもりよ、とわたしは言った。そして、その人を二度と呼ばないと決めることで、その問題にけりをつけた。

ある夜、目を覚ますと、アポロがベッドのすぐそばにいた。わたしが眠っているあいだに押し退けてしまった毛布をくわえて、どうやらわたしにかけてくれようとしているらしかった。人々にその話をすると、彼らは信じようとしなかった。それは夢だったにちがいない、と彼らは言った。そうかもしれないとも思う。だが、じつは、彼らは嫉妬しているのだとわたしは思っている。

ある出版記念会で。会ったこともない女性がクスクス笑いながら、言った。犬に恋をしているというのはあなたじゃない？

わたしが？　アッカリーが犬を妻にしたように、わたしは犬を夫にしたというのだろうか？　彼が死んだら、それはわたしの人生でもっとも悲しい日になるのだろうか？　わたしも殉死《サティ》する妻としていっしょに焼かれたいと思うのだろうか？　いや、そんなことはないだろう。しかし、彼のいる家に早く帰りたくなって、電車の代わりにタクシーに飛び乗ったことはあるし、彼に会えると思うと、うれしくなって唄が出たりすることもある。この愛情がわたしがこれまでに感じたどんな愛情にも似ていないのは確かである。

何度となく湧き上がる不安。アポロの飼い主だという人がついに現れること。そして、彼らが離ればなれになった、途方もないが、信じられないわけでもない経緯を話して、わたしが当然彼を手放すだろうと期待されること。

いま思い出したのだが、幼い恋《パピー・ラヴ》というのは、人が小犬に対して抱くことのある感情を指す言葉だと最近になって知った。小犬の人間に対する感情だとばかり思っていたのだが、そういうわけではないらしい。

アッカリーを読んでいて気づいたのだが、彼はときどき犬を指して〝人《パーソン》〟という単語を使っている。最初は間違いだと思った。けれども、彼は世界でもっとも注意深い作家のひとりだったことを考えると、そうではないのだろう。

そういえば、ある友人が言っていたのを思い出す。〝食うか食われるか《ドッグ・イート・ドッグ》の世界だ〟という言い方を、彼は長年のあいだ〝犬っぽい犬《ドギー・ドッグ》の世界だ〟と言っているのだと思っていて、どういう意味なのかわからなかったという。

犬を連れている人を見ると、人は犬にまつわる話をする。ビジネススーツ姿の男がアポロの頭を撫でながら、自分の母親が長年飼っていた犬を、ある日突然棄ててしまったという話をした。

彼女は犬をバス停まで運んで、キャリーケージに入れたままベンチの下に置き去りにした。それがわかると、その人はほうぼうに問い合わせて、動物保護センターに収容されていることを突き止めたので、センターに電話をかけて、自分が犬を引き取ると言ってやった。しかし、そのときは、彼はちょうど国の反対側にいて、法科大学院《ロースクール》を卒業しようとしているところだった。センターはその犬を預かると約束してくれたが、彼が行く前に、犬は死んでしまった。なにも食べなくなってしまったのだという。

訳がわからない、とその人は言った。彼の母親はドーナッツをやっていたので、その犬はひどく肥っていたのに。それに、まだ若い犬で、かわいらしかったから、もらい手はいくらでもいたはずで、あんなふうに棄てる必要はなかったのに。それはもう何年も前のことだけれど、母親がどうしてそんなことをしたのか、彼はいまだに理解できないという。

彼女はだれかを傷つけようとしたのだ、とはわたしは言わなかった。

あるラジオ放送局のプロデューサーが本についてなにか書かないかと言ってきた。わたしが強い印象を受けた本で、聴取者に推薦したいと思うなら、どんな本でもかまわないという。

じつは、わたしはその番組を知っていた。ほかの作家が自分のお気にいりの本について書いたものを読み上げるのを聞いたことがあったからだ。

わたしは『オクスフォード版　死にまつわる言葉集《オクスフォード・ブック・オブ・デス》』を選んだ。これはだれもが読むべき本だとほんとうに思うからだけではなく、わたしはたまたまそれを読み返していて、とくに〝自殺〟

と〝動物〟の章は熱心に読んでいたからである。

このアンソロジーには〝死の定義〟から〝辞世の句〟まで、死というテーマのあらゆる側面にわたる古代から現代までの引用句が選ばれているが、わたしはそれを称讃する文章をリクエストされた五百語にまとめた。死に関するこういう文章が、逆説的ではあるが、とても面白く、この本全体が生命に満ちあふれているのはなんとすてきなことだろう、とわたしは書いた。

この小さな仕事にわたしはかなりの時間をかけた。何でもいいからなにかを書いていられることに感謝しながら。そして、それを書きおえ、発送したが、なんの返事もなかった。そのプロデューサーからは二度と連絡がなかった。

ニュースから。

いくつかの動物保護施設で実験的なセラピーが行なわれている。虐待されて心に傷を負っている犬たちにボランティアが本を朗読して聞かせている。

プロのダンサーのインタビュー。まだ年端の行かない少年のころ、執拗にいじめられて、彼は口がきけなくなった。

作家、マイケル・ハーの死。死亡記事によれば、晩年、彼は熱心な仏教徒になり、書くことをやめていた。

『オクスフォード・ブック・オブ・デス』から。

ナボコフの三段論法。〈ほかの人間は死ぬ。しかし、わたしはほかの人間ではない。したがって、わたしは死なない〉

〈『それはわたしがけっして書くことのないただひとつの経験だわ』ときのうヴィタに言った〉とヴァージニア・ウルフは日記に書いている。彼女が言葉では書けなかったことが起こる十五年前のことだった。

ライティングのワークショップでは、多くの物語が朝、だれかが起床するところからはじまる。ベッドに就くところで終わる物語はそれよりずっと少なく、むしろ死で終わる物語のほうが多い。実際、多くの学生は葬式の場面で物語をはじめたり、終わらせたりする。そして、登場人物の思考の流れを伝えようとするとき、彼らはほとんどかならずその人物を動きださせる。彼または彼女をなんらかの輸送手段、たいていは車か飛行機に乗せるのだ。その当人が空間のなかを動いているのでなければ、人が考えているところを想像できないかのように。

Q　なぜこの人物を、物語のほかの部分とはなんの関係もないインドへの旅に送り出したの?

A　彼がとても悩んでいることを示したかったからです。

辞世の句。〈それじゃ、物語はこんなふうに終わるのか〉と、エイズ・ホスピスでわたしの友人が言った。まるでこどもみたいに、驚いて大きく目をみひらいて。

11

物語はどんなふうに終わるべきか？　しばらく前から、わたしはこんな終わり方を想像している。

ある朝、ひとり、アパートにいる女。外出する支度をしている。晴れたり曇ったりを周期的に繰り返す初春の一日。夕方にはにわか雨のおそれ。女は明け方から目を覚ましていた。

〈いまは何時？〉

午前八時。

〈目を覚ましてから八時まで、その女は何をしたのか？〉

半時間ほどはベッドに横たわったまま、もう一度眠ろうとした。

〈女は頻繁に目が覚めて、眠りつづけられないという、特殊な種類の不眠症なのか？〉

そうだ。

〈そういうとき、眠りに戻るためのちょっとしたおまじないがあるのか?〉

千から逆に数をかぞえること。すべての州の名前をアルファベット順に言うこと。けさは、どちらもうまくいかなかった。

〈で、彼女は起き上がった。そして、それから——?〉

コーヒーを淹れた。最近手に入れたばかりのシングル・カップ・モカ・ポットで淹れたコーヒー。それまで使っていたフレンチ・プレスをひと月くらい前に誤って壊してしまったからだが、じつはこっちのほうが気にいっている。概して、彼女はこの朝の儀式を楽しんでいる。ラジオのニュースを聞きながら、コーヒーを淹れて飲む。

〈きょうはどんなニュースだった?〉

じつは、けさは考えごとをしていて、ほんとうは聞いていなかった。

〈なにか食べたか?〉

バナナを半分だけスライスして、カップのプレーン・ヨーグルトに入れ、レーズンとクルミをちょっと加えた。

〈朝食のあと、何をしたのか?〉

Eメールをチェックして、そのなかの一通に返信した。ある授業のために注文した本についての大学の書店からの問い合わせ。歯医者の予約を確認した。シャワーを浴びて、服を着はじめたが、こういう日だけに、なかなか決められなかった。セーターでは温かすぎるか? レインコートは軽すぎるか? 傘を持っていくべきか? 帽子はどうか? 手袋は?

〈けさはどこへ出かけるのか?〉

いままでずっと病院に入院していた古い友だちに会いに。

〈結局、何を着ていくことにしたのか?〉

ジーンズとタートルネックの上にカーディガン。フード付きのレインコート。

〈友だちの家にはどうやって行くのか?〉

マンハッタンからブルックリンまで地下鉄で。

〈途中でどこかに寄るつもりか?〉

マンハッタンの駅のそばの花屋に寄って、ラッパズイセンを買う。

〈向こうの駅に着いたら、まっすぐ友だちの家に行くのか?〉

そう。彼女がいまや彼のブラウンストーンの建物に近づいていくのが見える。

〈彼女が訪問する友だちはひとりで住んでいるのか?〉

いいや、奥さんといっしょに住んでいる。だが、けさは仕事に行っていて、家にはいない。けれども、犬がいる。ドアベルの音がすると、吠える声が聞こえる。ドアがあき、男が出てきて、女を抱きしめる。男は――偶然の一致だが――女のレインコートの下の服装とおなじ恰好をしている。ブルージーンズに、黒のタートルネック、グレイのカーディガン。ふたりはしばらくギュッと抱き合い、犬は――ミニチュア・ダックスフントだが――吠えながら彼らに跳びついている。

いま、ふたりは居間に落ちついて、男が用意した紅茶を飲んでいる。小皿のショートブレッド・クッキーには手をつけていない。ラッパズイセンは小さいクリスタルの花瓶に入れて、窓敷居の日の当たる場所に置かれているが、けばけばしい鮮やかな色のせいでちょっと造花みたいに見える（と女は思わずにはいられない）。一本の茎が折れ曲がって、その花が、スポットライトを避けようとするかのように、恥ずかしそうにうなだれている。

いまでは、男が病み上がりで蒼白く、やつれているのがわかる。声にも無理をしている響きがあって、ささやき声より大きな声を出すには努力しなければならないようだ。あたりにはいまにもなにかが弾けるか崩れるかしそうな緊迫感が漂っている。犬もそれを感じて落ち着かないのだろう、籐製のバスケットのなかでじっと身じろぎもしない。男がしゃべると、自分の名前を聞きつけた犬が尻尾を振った。

「ジップの面倒をみてくれてありがとう。あらためてお礼を言いたかったんだ」

「あら、どうということもなかったわ」と女が言った。「彼がいるのも悪くなかったのよ。毛皮を着たあなたの一部がいるみたいで」

「ハハ」と男が言うと、女はつづけた。「ただあなたの役に立てるのがうれしかっただけよ」

「きみはおおいに役に立ってくれた」と男は請け合った。「ジップはいい子だが、あまやかされているから、けっこう手がかかるんだ。しかも、哀れな妻は手がいっぱいだったから」間があって、それから男は声をひそめた。「ところで、訊こうと思っていたんだが、妻は実際にはきみにどう説明したんだね？」

「彼女は商用で旅行中で、デンヴァーの嵐のせいでフライトが遅れていた。で、空港からあなたに電話したけど、返事がなかった。それから、フライトがキャンセルされたので、タクシーで家に帰った。家に着くと、掃除婦宛てのメモがあって、なかには入らずに、９１１に電話するようにと指示してあった」

女がしゃべっているあいだ、男は彼女を見ていなかった。窓敷居のラッパズイセンをじっと見つめて、その色鮮やかさが目に沁みるかのように、目を細めていた。彼女が話しおえると、まだつづきを期待しているかのようにしばらく待っていたが、それだけだと悟ると言った。「学生が書いた物語だったら、わかりやすすぎると言ったところだ」

その瞬間、雲が太陽をさえぎって、部屋が暗くなった。女はパニックに襲われて、涙が噴き出さないかとうろたえた。

「わたしはすべてをちゃんと考えておいた」と男は言った。「ジップはペットホテルに連れていったし、掃除婦は翌朝来る予定だった」

「でも、いまはどうなの？」と女が訊いた。声がちょっと大きすぎたので、犬がびくっとした。

「気分はどう？」

「屈辱を感じている」

女は抗議しようとしたが、男はそれをさえぎった。「ほんとうだ。わたしは恥ずかしさにまみれている。しかし、それがふつうの反応だろう」

わかっている、とは女は言わない。自殺についていろいろ調べていたのだとは。

「しかし、わたしが感じているのはそれだけじゃない」と男は言って、顎を上げた。「自分がすこしも特別じゃないことがわかった。わたしも大部分の自殺未遂者とおなじで、生き延びられてうれしいと思っている」

どう言っていいかわからなかったので、女は言った。「それはいいことだわ！」

「しかし、どうも不思議でならない、なぜもっと感じないのだろう」と男はつづけた。「大部分の時間、わたしはぼんやりしているか、なにも感じないかだ。まるですべては五十年前に起きたことか——あるいは、なにも起きなかったかのようだ。まあ、薬のせいでもあるんだが」

雲が動きつづけて、ふたたび明かりが射しこんだ。

「家に戻れてうれしいでしょう」と女が言った。

男はちょっと口をつぐんでいた。「退院できたのはたしかにうれしい。二、三週間というより数カ月入院していたような気がするからね。精神科の病棟ではあまりやることがなかったし、さらに悪いことに、わたしは本を読めなかった。すっかり集中力がなくなって、ひとつの文を読み終えたとたんに忘れてしまうんだ。こんどのことをみんなに知らせたくはなかったから、見舞いに来てもらうこともできなかったし。そういえば、事の一部始終を知っているのは、家族を除けばまだきみだけだ。いまのところは、そうしておきたいんだ」

女は黙ってうなずいた。

「一〇〇パーセントネガティヴな経験だったわけではない」と彼はつづけた。「わたしはずっと自分に言い聞かせているんだが、作家になにかよくないことが起こったときには、たとえそれがどんなにひどいことでも、いつも一条の光があるものだ」

「あら？」と女は言って、椅子にまっすぐ坐りなおした。「それはこのことについて書くつもりがあるということかしら？」

「おおいにありうる」

「フィクションとして、それとも回想録として？」

「何とも言えない。まだ近すぎるからな。ある程度距離を置く必要がある」

「それで、いまは書いているの？　書くことができているのかしら？」

「いや、じつは、そのことを話したかったんだ。病棟でちょっとしたワークショップをやってね！　グループ・セラピーの一環としてだが。ある女性がいて、リクリエーション・セラピストと呼ばれていたが、彼女がわたしたちに散文ではなくて詩を書かせたんだ――あまり時間がないからだと言っていたが、ほかの理由もあったにちがいない。そして、自分が書いたものを声に出して読ませた。分析もしないし、批評もしない。ただ読み聞かせるんだ。だれもがこの上なくひどいものを書いて、ほかのだれもがそれについて思いついたことをどんどん言う。すこしも詩になっていない、とんでもない代物だったが――想像できるだろう？　声が震えたり、しゃがれたり、いつまで経っても読みおえられなかったり。ところが、だれもがじつに真剣だった。腹のなかにあることをぶちまける機会を与えられて、しかも、それが人々に感動の涙を流させることもあると知ることは彼らにとって大きな意味をもっていた。そう、いつでも涙になり、どんな詩にもひとしきり拍手が起こった。非常に不思議だった。わたしは長年教えてきたが、あの部屋で味わったような種類の感動は、あれに似たようなものは経験したことがなかった。ひどく心を揺さぶられたし、非常に不思議だった」

「あなたがそんなふうに感じているところは想像することさえむずかしいわ」

「実際のところ、わたしのなかの皮肉屋が死んでしまったわけではなかった。初めは、わたしはそんなものには関わりたくないと思っていた。しつこく勧められる塗り絵もやりたくなかった——ただ時間をつぶすためだけではなくて、色を塗ることが不安を軽減させるというんだがね。しかし、そんなふうにしているのには問題があった。わたしが作家で、ライティングの教師なのは周知の事実だったから、ひどく偉そうにしているように見えるにちがいなかった。それに、さっきも言ったように、病棟での生活は退屈だった。本は読めなかったし、わたしは散歩に出かけるのも断っていた——知人に出くわして、看護師やギャアギャア騒ぐ変人の一団といっしょに自分が映画館や美術館で何をしているのか説明するはめになるのが恐ろしかったからだがね。で、少なくとも、ワークショップは気晴らしになるし、時間つぶしにはなった。しかも、正直に言ってしまえば、あのセラピストがいたからでもあった。ものすごい美人で、若くて、ちょっとセクシーで……、わたしを知っているだろう？　わたしは精神科の患者で、彼女の祖父でもおかしくない歳かもしれないが、それでも彼女を感心させたかった。実際、彼女と寝たいと思っていたんだ——その望みがすこしでもあったわけではないが。ともかく、わたしは大学のとき以来、詩を書いたことはなかったが、長い年月を経たあと、ふたたびそれに戻ってみるというのはなかなか悪くない経験だった。あの拍手喝采をわたしは死ぬまで忘れないだろう。しかも、じつに驚くべきことに、わたしはそれをつづけている」

「あなたが詩を書いているの？」その詩を読んでほしいと言われるか、さもなければ、こっちのほうがもっと悪いが、そこに坐って、彼が朗読するのを聞いてほしいと言われるかもしれないと思うと、彼女はまたもやパニックに襲われた。

「いや、いまのところ、人に見せられるようなものはない」と男は言った。「しかし、いまは、短いもののほうが書きやすいんだ。すこしでも長いものは、正直なところ、書くことを考えるだけでも恐ろしい。自分が書きかけていた本に戻るなんて——吐いたもののところへ戻る犬みたいなものだからな！　しかし、わたしのことはこのくらいで十分だろう。きみは何をしていたんだね？」

彼女はいま教えている新しい科目《コース》のことを話した。人生と物語。自伝としてのフィクション、フィクションとしての自伝。プルースト、イシャーウッド、デュラス、クナウスゴールといった作家たち。

「まあ、せいぜいがんばって連中にプルーストを読ませるんだな！　で、きみが取り組んでいた作品はどうしたんだ？　書きおえたのかね？」

「いいえ。やめたわ」

「え、まさか！　どうしてなんだ？」

女は肩をすくめた。「うまくいかなかったのよ。ひとつには、罪悪感があったからかしら。その人たちについて書いていると、彼らを利用しているような気がした。なぜそう感じるのかはうまく説明できないけど、ともかくそう感じたの。罪悪感がどういうものかは知っているでしょう？　火のないところに煙は立たずで、なんでもなければなにも感じるはずはないのに」

「それはナンセンスだ」と男は言った。「作家にとってはすべてが材料なんだ。問題はただ、それをどんなふうに使うかだけだ。わたしがよくないと思うものをきみに書くように勧めると思うかね？」

「いいえ。でも、実際のところ、あなたがあの女性たちのことを書くように勧めてくれたとき、あなたが考えていたのは彼女たちのことではなくて、わたしのことだった。それがわたしにとっていい材料になるから、わたしがそれを出版できて、読者に読まれて、お金になるだろうと思ったからだった」

「そうさ、それが作家の仕事であり、それがジャーナリズムというものだ。しかし、ほかにもそれ相当の理由がなかったとは言わさないぞ」

「そうかもしれないけど、それは問題じゃない。実際、わたしは書けなかったんだから。文字どおり。たとえば、わたしが『オクサナは色の白い、丸顔の、二十二歳の女で、頬骨は高く、金髪のメッシュの入った髪で、軽いロシア訛りがある』と書いたとして、それから、いま書いたものを読み返すと、吐き気がして、それ以上つづけられなかった。言葉が出てこなかったの。わたしはさんざんリサーチをして、たくさんノートを取った。そして、そこに坐って、自問していた。こんなふうに暴力と残酷さの証拠を掻き集めて、残虐行為の詳細なカタログを作って、それでわたしは何をしたいと思っているのだろう？　魅力的な物語にまとめ上げようとしているのか？　で、そうしたら、的確な言葉とふさわしい文章の調子《トーン》をなんとか見つけられたら——その恐ろしい卑劣さをそっくり文章に、すっきりしたいい散文にまとめられたら——それは何を意味するのだろう？　最低限でも、書くことはわたしが、作家がよりよく理解する助けになるはずだ、とわたしは思っていた。けれども、それが希望的観測であることをわたしは知っている。書くことによって眼前に突きつけられているこの悪をすこしでも理解できるようになるわけではないし、それが被害者のためになることもない――この悲しい事実からわたしは逃れられなかった。確かなことはただひとつ、こういうプロジェクトについて一般的に言えることだけれど、そのなかで重要な人物はいつも作家だということだった。そう思うと、自分がやっていることは単に利己的なだけでなく、残酷な――こんな言い方が許されるなら、冷酷な――ことではないかという気がしてきた。こういうジャンルに必要だと思われる法医学的な態度は、わたしにとっては憎むべきものでしかなかった」

「それなら、フィクションにしたほうがうまくいくかもしれない」と男は言った。

女はびくっとした。「もっと悪いわ。あの少女や女たちから鮮烈な、興味深い登場人物を創り出すなんて。彼女たちの苦しみを神話化し、小説化するなんて。できないわ」

男はわざとらしいため息を洩らした。「そういう論法はよく知っているが、わたしは賛成できないね。もしもだれもがきみのように感じていたら、世界は当然知るべきことを知らされないままになる。作家は証人にならなければならない。それが使命なんだ。なかには、作家にとって不正義や苦難の証人になることより高貴な使命はないと断言する人もいるくらいだ」

「スヴェトラーナ・アレクシエーヴィッチがノーベル賞を受賞してから、わたしはそのことについてずいぶん考えたわ」と女は言った。「世界は犠牲者に充ち満ちている、とアレクシエーヴィッチは言っている。恐ろしい出来事を体験していながら、けっして声を聞かれることがなく、忘れ去られてしまうふつうの人たち。作家としての彼女の目標はそういう人々に言葉を与えることだ、と彼女は言っている。でも、フィクションを通してそれができるとは思わない。わたしたちはもはやチェーホフの世界に住んでいるわけではない。フィクションはわたしたちの現実に迫るのにあまり適していない。わたしたちに必要なのはドキュメンタリー・フィクション、ふつうの個人の人生から切り取られた物語だというの。作りごとは要らない。作家の意見も要らない。彼女は自分の作品を複数の声による小説と呼んでいる。証言小説という呼び方を聞いたこともある。大部分の語り手は女で、女のほうが語り手としてすぐれている、と彼女は考えているのよ。なぜなら、女は自分の人生や感情を男がふつうはしないようなやり方で観察するから、男たちよりも真剣に――どうして笑っているの？」

「男は書くのをやめるべきだという意見を思い出したからさ」

「アレクシエーヴィッチはそう言っているわけじゃない。人間の経験や感情の深みに迫りたければ、女に発言権を与える必要があるとは言っているけど」

「しかし、作家自身は口をつぐむべきだと」

「そうよ。目標は実際に苦難を生きている人たちに証言させることで、作家の役割はそういう人たちにその力を与えることに限られる」

「だんだん動かしがたい事実になってきているな。作家がやっていることは本質的に恥ずべきことで、わたしたちはみんないかがわしい人間だという考えが。まだ教師をしているとき気づいたんだが、年々、作家についての学生たちの評価が下がっていくようだった。しかし、作家を志す人間が作家をそういうネガティヴな光の下で見るようになるというのは、何を意味するのだろう？　ダンス科の学生がニューヨーク・シティ・バレエ団についてそんなふうに感じるのを想像できるかい？　あるいは、若い運動選手がオリンピックのチャンピオンを見下すなんてことを？」

「いいえ。でも、ダンサーや運動選手は特権階級だとは見なされていないけど、作家はそう見なされている。わたしたちの社会でプロの作家になるには、そもそも初めから特権階級の人間でなければならない。特権階級の人間はもはや書くべきじゃないという気がするわ——彼らが自分のことを書かない方法を見つけないかぎりは。そんなことをしていれば、白人優越主義や父権制をますます昂進させるだけだから。あなたは嘲笑するけれど、書くという作業がエリート的で、自己中心的な営みだということは否定できないでしょう。あなたが書くのは注目されるため、自分の社会的地位を向上させるためで、世界をもっと公平な場所にするためではない。ある程度の羞恥心が付きまとうのは当然のことなのよ」

「わたしはマーティン・エイミスが言ったことが気にいっている。小説家の自己中心癖を嘆くのはボクサーの暴力を嘆くようなものだというんだがね。みんながそれを理解していた時代もあった。書くことは——修道女や司祭みたいに——天職なのだ、と若い作家たちが信じていた時代があった、とエドナ・オブライエンは言っている。覚えているかい？」

「ええ。でも、詩人であることほど恥ずかしいことはない、とエリザベス・ビショップは言っているわ。自己嫌悪はむかしからずっとあることで、新しいのは、声を聞いてもらう最大の権利をもつのは最大の不正義を被ってきた歴史をもつ人々であり、芸術は単に彼らの声を採り入れるべきだというのではなく、彼らの声が支配的になるのが当然だ、いまやそういう時代になったのだという考えよ」

「しかし、それは一種の二重拘束《ダブル・バインド》ではないのかね。特権的な人間は自分について書くべきではない。なぜなら、それは帝国主義的な白人の父権主義を昂進するからだ。かといって、彼らはほかの集団についても書くべきではない。なぜなら、それは文化的な盗用になるからだというふうに」

「だからこそわたしはアレクシエーヴィッチにとても興味をもっているのよ。もしも抑圧された人々を文学的に利用するなら、彼ら自身に発言させて、自分はそれに加わらないやり方を見つける必要がある。物を書くためには才能が必要だという考えに人々がうんざりするようになったのは、それではあまりにも多くの声が無視されることになるからだわ。アレクシエーヴィッチは、人々が美しい文章を書けても書けなくても、彼らの物語が語られ、彼らの声に耳が傾けられることを可能にしている。それができなければ、抑圧された人々について書くときには、その支援団体に献金するという方法もあるでしょうけど」

「それでは、自分で生計を立てる必要がある場合には、目的を達成できないことになる。実際、そういう原則を尊重するなら、好きなことを書けるのは金持ちだけだということになってしまうぞ！　まあ、わたしにとっては、唯一の重要な問題は、アレクシエーヴィッチ印のノンフィクション・フィクションがフィクション・フィクションとおなじくらい、いい作品を生み出せるかどうかということだがね。わたし自身は、どちらかというとむしろドリス・レッシングのような人たちとおなじ意見で、想像力のほうが真実に迫るのにより有効だと思っているし、フィクションはもはや現実を写し取れないという考えを受けいれるつもりはないんだが。問題はもっと別のところにある、とわたしは言いたい。学生たちについて気づいたことがもうひとつある。彼らがいかに独善的になり、作家の性格の弱さや欠点にいかに不寛容になっているかということだ。わたしが言っているのは露骨な人種差別や女嫌いのことではない。ほんのちょっとした鈍感さや先入観、心理的なトラブルや、神経症、ナルシズム、強迫観念、よくない習慣――要するに、ちょっとでも風変わりなところがあると、学生たちは受けいれようとしない。友だちになりたいような種類の人間、つまり、進歩的で、後ろ指を指されることのない生活をしている人間でなければ、作家などくそくらえだというわけだ。たとえば、ナボコフがどんなに偉大な作家だとしても、こんなもったいぶった変質者――だと学生たちは見なしていた――を課題図書リストに載せるべきではないという意見に、クラスの全員が賛成したことがあったくらいだ。小説家も、すべての善良な市民と同様に、この社会のしきたりに従うべきであり、他人の意見はかまわずに書きたいことを書くなどというのは、彼らには考えられないことなのだ。当然ながら、そんな文化のなかでは、文学はその役割を果たせない。書くという行為がここまで政治化されてしまったことに、わたしは当惑せずにはいられないが、学生たちはそれが問題だとすら思っていない。それどころか、実際、まさにそうだからこそ作家になりたいと思っている者さえいる。それに異論をとなえて、たとえば、芸術のための芸術について話したりすれば、彼らは耳をふさいで、またわかりきったことを偉そうに説明していると非難する。わたしが教育の場に戻るのをやめる決心をしたのはそのせいだ。自己憐憫には陥りたくないが、時の文化やテーマとの食い違いがここまで大きくなると、教育の現場にいることにどんな意味があるのかと考えざるをえない」

残酷になりすぎないように、彼女は言わなかった。あなたがいなくなっても、だれも残念に思っていないとは。

「ともかく、きみがあの作品をあきらめたのは残念だ」と彼は言った。「わたしが完成させてほしいと思っていたのはわかっていただろうに」

「じつを言うと」と女は言った。「ほかにも理由があって、それに集中していられなくなったの。ほかのものを書きだしたから」

「どんなものを？」

「あなたのことを」

「わたしのこと？　それは奇っ怪だ。いったいどうしてわたしのことを書こうと思ったんだ？」

「初めからそうしようと思っていたわけじゃないけど、たしかクリスマスのころ、たまたま『素晴らしき哉、人生！』を見たの。もちろん、あなたも見たことがあるでしょう？」

「何度もね」

「それなら、ストーリーは知っているわね。ジミー・スチュワート（ジョージ・ベイリー）が自殺しようとしているところを天使に引き留められて、もしも彼が存在していなかったら、それがこの世界にとってどんなに大きな損失だったかを教えられるんだけど。わたしはジップといっしょに——彼を膝にのせて——見ていたんだけど、もちろん、あなたのことを考えていた。何が起こったかを聞いてからは、わたしはずっとあなたのことを考えていて、あなたがまた元気になれるのかどうか心配していたから」（このとき、男の視線はまたもや窓敷居の花束に吸いつけられていた）「ほんとうに危機一髪だった、とわたしは思っていた。そして、映画のことはすっかり忘れて、もしも引き留められなかったら、どうなっていただろうと考えはじめたの。結局、あれはまったくの幸運だったんだから——それとも、あなたには守護天使がついていたのかしら。ともかく、わたしはそのことを考えずにはいられなかった。もし手遅れになる前にあなたが発見されなかったら、どうなったのか？　で、わたしはそれについて書いてみる必要があると思ったの」

　男は以前から蒼白い顔をしていたが、いまやまさに顔面蒼白だった。「聞き違いじゃないかね？　お願いだから、そうだと言ってくれ」

「ごめんなさい」と女は言った。「先に言っておくべきだったけど、これはフィクションなの。だから、名前は全部変えたのよ」

「おいおい、やめてくれ。それが何を意味するか、わたしが知らないとでも思っているのか？　わたしの名前を変えたって」

「実際には、わたしは名前は使わなかった。だれにも名前はつけなかったの。犬を除いて」

「ジップかい？　ジップも出てくるのかね？」

「でも、ジップが、というわけではないわ。犬は出てくるし、重要な登場人物なんだけど。彼には名前があって、アポロというの」

「ミニチュア・ダックスフントにしてはずいぶん堂々たる名前だな。そうは思わないかね？」

「じつはダックスフントじゃないのよ。いまも言ったように、フィクションだからすべてが違うの。まあ、何もかもではないけれど。たとえば、あなたが彼を公園で見つけたというのはそのままだし。でも、どうなるかはわかっているでしょう？　実生活から採ったものもあるし、つくり出したものもある。半分の嘘や半分の真実がたくさんある。だから、ジップはグレートデンになって、あなたはイギリス紳士になった」

男はうめき声を洩らした。「少なくともイタリア人にはできなかったのかね？」

女は笑った。「実在の人物をフィクションの登場人物にするとき、わたしがクリストファー・イシャーウッドから学んだことがあるのよ。それは恋に落ちるのと似ている、と彼は言っている。登場人物は恋人みたいなもので、かならず特別な存在になり、ただのふつうの人間ではなくなる。だから、その人物のふつうの人間とおなじ部分についてはディテールを省いて、その代わり、人をわくわくさせ、好奇心をそそる部分を描写する。そもそもその人について書きたいと思った特別なところを取り出して強調するんだってね。男たちはだれもがイタリア人になりたがっていることをわたしは知っている。でも、初めて知り合ったときから、わたしにとっては、あなたはずっとイギリス人ぽい人だった」

「で、おまけに非ユダヤ人《ゴイ》ぽい男にしたのかね？」

女はまたもや声をあげて笑った。「いいえ。でも、実際よりもうすこし女たらしにしたわ」

「すこしだけかね？」

「あら、気を悪くしたの？」

「そうなるのはわかっていたろう」

「ええ。たしかにわかっていたわ。自分についてなにか書かれて、それが気にいる人はいませんから。でも、わたしはなにかしなければならなかった。さっきも言ったように、何があったのかを聞いたときから、わたしはそのことについて考えるのをやめられなかった。だから、自分が作家であり、なにかに取り憑かれているとき、やることをやったの。それを物語にして埋葬するか、少なくともそれが何を意味するのか理解しようとした。たとえ実際にはうまくいかないことが経験からわかっていたとしても」

「そうだな、わかっている。いちいち説明してもらうまでもなく。〈作家は吸血鬼みたいなもの〉だからな。それはいまさら教えてもらうまでもない。たしか、むかしわたしがきみに教えたことなんだから。ここでも、わたしのなかの皮肉屋はまだ息絶えたわけじゃない。しかし、ご覧のとおり、かなりショックを受けてはいる。どう考えていいかわからないね。何ということをしてくれたんだ？　いま言えるのは、裏切られた気がするということだけだ。まったくの裏切りだ。そして、わたしたちがたったいま話したことからすれば、どうしてわたしが餌食にされなくちゃならないのか訊きたいものだ。少なくとも、もうすこし待ってもよかったろう。いいかね、わたしは病院に入院していて、わが人生の最悪の時期だったんだぞ。ところが、そのあいだ、きみはコンピューターからどんどんページを吐き出させていた。あまり美しい光景ではないだろう。そうさ、実際、えげつないこと極まりない。いったいどういう友だちなんだ——恥を知るがいい！言い返す言葉もないだろう。そもそもわたしの顔をまともに見ていられることが驚きだ。で、いま聞いたことはほんとうなのかね、犬のことだが？　犬が重要な登場人物になっているって？頼むから、犬にはなにも悪いことが起こらないと言ってくれ」

白紙のページを打ち破れ！

12

これが生活というものではないだろうか？　暑すぎない太陽、気持ちのいいそよ風、小鳥のさえずり。いまや、わたしはおまえは太陽が好きなことを知っている。そうでなければ、日向に寝そべったりしていないで、ここに、ポーチの日陰に、わたしといっしょにいるだろう。おまえの老いた体には陽光がとても気持ちがいいのだろう。そして、たぶん、わたしと同様に、海から吹いてくる風をじつに清々しく感じているのだろう。風がこちらに吹いてくるたびに、おまえは頭をもたげて、その匂いを嗅いでいる。おまえの三億もの嗅覚受容体が、わたしのほんの六百万のそれを通して入ってくる潮の香りよりもはるかに多くを嗅ぎとっているのはわかっている。人間は一度にふたつ以上の匂いを嗅ぎわけるのはむずかしい。あるワインについて、まず濃厚なブラックペッパーの香りがあり、次いでかすかなラズベリーとブラックベリーの風味が楽しめるなどと言うのを聞くとき、そんなのは戯言にすぎないことをわたしは知っている。たとえ胡椒の香りを嗅いだあとでなくても、ラズベリーとブラックベリーを嗅ぎ分けられる人間がいたら、お目にかかりたいものだ。だが、それとは反対に、おまえの鼻は、犬の科学によれば、わたしの鼻より一万倍も敏感で、二百万の樽のなかの一個の腐ったリンゴを嗅ぎあてられるという。それこそまったく別の器官である。

さらに、もっと驚くべきことに、おまえはあらゆる方角から常に流れてくる、無数の異なる匂いを嗅ぎ分けられるという。そんな能力をもっているなら、すべての犬は奇跡の犬と呼ばれて然るべきだろう。それこそ情報が多すぎるというものだ。そんな能力が備わっていたら、人間ならだれでも気が狂ってしまうにちがいない。

おまえが夜中にわたしを起こしたころのことを思い出す。そういうとき、おまえは床に横たわったわたしの全身をくまなく嗅いでまわったものだった。データをもとめて。わたしは何者であり、何を隠し持っているのかを知ろうとして。おまえはいまでもよくわたしの匂いを嗅ぐけれど、あのころほど熱心に調べることはない。

科学によれば、おまえはわたしがけさ何を食べたかだけでなく、きのうの夕食まで嗅ぎあてられるのだという。わたしがいま身につけているショートパンツやTシャツをいつ洗ったか、そのとき漂白剤を使ったか、わたしがこのサンダルを履いて最近どこへ出かけたか、さらには、わたしが日焼け止めクリームのブランドを変えたことまでわかるらしい。そういうことはすべて、おまえには朝飯前なのだ。けれども、犬にどんなことができるかを知っているいまでは、わたしは何を聞かされても驚かない。わたしたちは雌の雑種犬の親子を散歩させている女性とよく会うが、彼女によれば、犬には時間がわかるのだという。わたしが仕事から帰ってくるとき、と彼女は言う。まだ一ブロックも離れているのに、見上げると、わたしの娘たちが窓際にいるのが見えるのよ。空気中に漂っているわたしの匂いのレベルが上がるのがわかるのね。

その並外れた能力のおかげで、おまえはわたしの気分を――わたしがおまえのそれを読み取るよりも正確に――読み取れる、と言っておくべきだろう。ホルモンやフェロモンによって、おまえはいつも最新の情報を仕入れている。一週間後に再開する授業についての不安。まだ塞がっていない傷口。心の底に押しこめられている怖れ。寂しさ。憤激。いつ果てるとも知れぬ悲哀。おまえはそういうすべてを嗅ぎとっているのだろう。

ほかには？　医学ではまだ検出できない悪性細胞のかけら？　わたしの脳のなかで音もなく形成されている斑《プラーク》やもつれ、認知症の前駆症状？

いっしょにいる犬には、その人が妊娠したことが本人が悟るよりも先にわかるのだという。人が死ぬときもやはりおなじらしい。

おまえの嗅覚が以前と変わらないわけではないだろう。人間でもそうなるように、歳とともに鈍っているにちがいない。その証拠に、その鼻を見てみるがいい。かつては熟した、水のしたたるプラムだったのに、いまでは燃やしたあとの石炭殻みたいに、干からびた灰色になっている。

わたしは考えていた。暖かい太陽と涼しい風――それはおまえの気にいるにちがいないが、小鳥のさえずりはどうなのだろうと。庭には鳥の餌台があって、小鳥がたくさんやって来る。コガラやスズメ、フィンチ、コマツグミが一日中――ただ、ある時間帯には、不思議なことに、どんな鳥の声も聞こえなくなる。みんな教会に行ってしまったかのように。

わたしは鳥の鳴き声が好きで、ナゲキバトの単調な〝ああ、悲しい《ウォー・イズ・ミー》〟という鳴き声や、カケスやカラスやカモメの甲高い金切り声でさえきらいではない。けれども、人間が奏でるどんな音楽にも無関心なおまえは、自然の音楽をどんなふうに感じるのだろう？

小鳥の鳴き声がすこしも好きではなく、うるさいとさえ感じる人たちがいることをわたしは知っている。指揮者のセルゲイ・クーセヴィツキーは、タングルウッドで、毎朝、〈調子はずれの鳴き声でさえずる小鳥たち〉に目を覚まされる、と不平を言っていたそうである。

ときおり、小鳥がおまえの目にとまることがある――街中でときおり鳩が目につくように――空中を低空飛行してきたり、芝生を跳ねまわっていたりするのだが、おまえはけっして追いかけようとはしない。

リスやウサギやシマリスも現れる。なかには大胆にもおまえのすぐそばまで近づくのもいる。怖がる必要はないと思っているようだ。

隣の雄猫は、おまえとおなじ黒白のぶちだが、芝生の端からそのスリット状の目でおまえをにらみつけ、すこしも怖じ気づいていないことを見せつける。

一度、奇妙な外見の犬が走り抜けた。すっと、じつにすばやく、そこにいたかと思うと、またたく間に姿を消したので、わたしは幻覚を見たのかもしれないと思った。あとになって気づいたのだが、それは犬ではなくて、狐だった。

おまえもかつては生きものを追いかけたことがあるのだろうか。そういう時期もあったにちがいない。そういう本能をもっているはずだ。何といっても、イノシシ狩りがおまえの遺伝子に刻みこまれているはずなのだから。

もちろん、ここがじつにのどかな王国であることを、わたしが喜んでいないわけではない。そうでなければ、とてもこうしてはいられなかったろう。

いま思い出したのだが、わたしのむかしのボーイフレンドは、ハツカネズミをボーの頭にのせて、一分間じっとしていられるように訓練していたものだった。

わたしはおまえがハエやほかの昆虫をパクリとやるのを見たことがある――なかには針で刺すのもいたので、心配したものだったが、一度など、わたしが止める前に、巨大な蜘蛛を食べてしまった。

それとも、あれは犬の頭に乗っていられるように、ネズミのほうを訓練していたのだろうか。

もうひとつ、いつも聞こえている音がある。打ち寄せる波の音。わたしには心安らぐ音に聞こえるが、おまえにとってもそうであってほしいと思っている。

初めてビーチに行ったときには、おまえは海を見たことがあるのだろうか、泳いだり、砂浜を歩いたりしたことがあるのだろうかと思った。(おまえの足跡のサイズを見て、思わず立ち止まる人がいるにちがいない、とも思った)さいわいにも、ビーチまではほんの数分だが、わたしたちは早朝か夕暮れの、日が低いときにしか行かない。短い距離ではあるけれど、そこまで歩いていくのはおまえにはかならずしも簡単なことではない。おまえはゆっくりと、とても緩やかに歩いていく——〝よろよろと〟という言い方をしたくないので、そう言うのだが。わたしの心配は、そのうちいつか、なんとかそこにたどり着いたものの、戻ってこられなくなるのではないかということである。

街では、ちょっと前に、恐ろしいことが起きた。シーズン初めての猛暑の日で、焼けつくような暑さだった。わたしたちは公園の木陰めざして歩いていた。しかし、そこに到着する前に、まだたいして行かないうちに、おまえは立ち止まった。がくりと膝を折り、コンクリートにへたり込んで、いかにも苦しそうだった。

わたしはほとんどパニックに陥りかけた。そのときその場でおまえを失うのではないかと思った。

人々はどんなに親切だったことか。だれかがカフェに飛びこんで、ボウル一杯の冷たい水を持ってきてくれ、おまえは坐りこんだままゴクゴクそれを飲み干した。それから、通りがかりの女のひとが立ち止まり、傘を取り出して、それをひろげると、おまえを日射しから守ってくれた。仕事には遅刻してもかまわない、とその人は言った。車で通りがかった人が、乗せてやろうと言ってくれたが、後部座席に乗りこむのが容易ではないのはわかっていた。そのころには、ありがたいことに、おまえも生気を取り戻して、わたしたちは歩いて家に帰ることができたのだが。

いま、おまえを散歩させるたびに、わたしははらはらしている。

それでも、おまえは歩く必要がある、と獣医は言う。少なくとも毎日多少は運動しなければならないと。

薬は効いてきている、と彼は言う。鎮痛剤と消炎剤のおかげで、いつも完全に快適ではないにしても、激痛からは免れている。もちろん、それがいつ変わるかはわからないし、わたしにはそれがひどく辛いのだが。というのも、どうしたらそれがわかるのかわからないからである。

アッカリーによるクイーニーの最期の描写が、わたしの頭にまつわりついて離れない。〈彼女は顔を壁に向けて、わたしには背を向けるようになった〉それがそのときだった。つまり、愛犬を——殺してもらうしかないと彼が解釈した合図だった。

おまえもわたしに教えてくれるのだろうね？　忘れないでほしいのは、わたしはただの人間だということ、おまえの敏感さの足下にも及ばないということだ。もう耐えきれなくなったら、そう教えてくれなければいけない。

それが自然に余計な手出しをして、神を弄ぶことになる、とはわたしは思わない。あるいは、ほかの人たちの言い方を借りれば、命あるものの霊的な旅路の邪魔をして、次の生を受けるのを妨げることになるとは。それはむしろ天の恵みだと思う。わたしは自分のために望むだろうことをおまえにも望む。

そして、もちろん、わたしはその場に立ち合うつもりだ。最後に獣医のところに行くとき、わたしはおまえといっしょにいるだろう。

きのう、そのときがやってきたのか、とわたしは思った。おまえが朝食にまったく手をつけずに残したからだ。わたしが自分の朝食のパンをちぎってやると、おまえはわたしの手からそれを食べた。（〈いっしょにミサを読んでいるかのように〉）それでも、夕方までには、また食欲が戻っていた。

だから、もうそのことを考えるのはやめよう。そして、きょうのことを、きょうのことだけを考えよう。この完璧な夏の朝という贈り物のことだけを。

〈もう一度の夏〉。少なくとも、おまえはそれを手に入れた。

もう一度の夏、陽光のなかに満足げに寝そべることはできた。

そして、少なくとも、わたしには別れを告げる心の余裕ができた。

こういうことをわたしはおまえに向かって言っているのか、それとも、自分に言い聞かせているのだろうか? じつは、文字がぼやけて見えるようになっているのだが。

ここへやってくる前の数週間は非常に大変だった。六階までの階段を気持ちよく上り下りできたのはもうかなり前のことで、わたしたちはエレベーターを利用するようになっていた。それでも隣人たちとはほとんど問題はなかった。そのころには、みんながわたしたちの姿を見慣れていたからである。ただひとり、去年白血病で夫を亡くした元看護師だけが、おまえのセラピー・ドッグとしての資格について尋ねたが、その当人でさえおまえの行儀のよさを、エレベーターの狭い空間のなかで場所をとらないように体を縮めている様子を口にした。ほかの借家人たちは、わたしたちがいつも出会うほかの人たちとおなじように、おまえの姿を見ると大喜びした。どんなタイプのやさしい巨人にも人々は夢中になるものだけど。

しかし、おまえの毛皮はますます強烈な匂いを発するようになり、息や糸を引く唾液の悪臭もあって——息苦しいほどの暑さになると、とりわけあの閉ざされた空間では——無視するのがだんだんむずかしくなっていた。

それから、怖れていた不可避の事態になった。エレベーターのなかでも、廊下でも、絨毯敷きのロビーでも。なにかが起こらない日はほとんどなかった。どこよりもひどかったのがわたしのアパートだった。ひどいな、まるで馬小屋みたいな臭いだ、と配達の男が言った。動物園だ、と別のだれかが言った。ヘクターは、彼に神の祝福あれ、なんとも言わなかった。

敷物を三枚、長椅子、ベッドを処分しなければならなかった。新しいゴム製エアマットを入れて、わたしたちは床にマットレスを並べて寝ることにした。

わたしはできるだけのことをした。一週間にライゾールの液体洗剤を何本も使ってゴシゴシこすったり、モップをかけたりした。しかし、この仕事はとてつもない力仕事に思えるようになり、しかも、ほんとうに臭いが消えることはなかった。それは木の床や本棚に染みこんだ。わたしのすべての衣服にも——二十代のとき、煙草の煙が染みこんでいたように——染みこんで、ときには肌や髪にも染みこんでいるのではないかと心配になった。

臭うけど、それほどでもないよ、とむかしからわたしの状況にいちばん同情的な人が言った。必要なのはしばらくアパートを留守にして、空気を入れ換えてやることだ。

わたしが絶望しかけたちょうどそのとき、彼がわたしたちを救助しにきてくれた。

母さんが介護施設に入らなければならなくなってね、と彼は言った。夏を過ごすのに使っていたロングアイランドの小屋があるんだ。ちょうど売却したところなんだけど、新しい持ち主に所有権が移るのは労働者の日《レイバー・デイ》以降なんだ。彼らは完全に内装を取り払って改修する計画だから、犬がどんなに傷をつけても全然気にしなくていい。それに、あそこに行けば、いずれにしても、かなりの時間、外に出ていられる。おれは今年の夏はあまり行かなかった。仕事があるし、週末だけ行く気にはなれないからだ。とくに八月は、渋滞が凄まじいからね。ともかく、あとわずか二週間だけど、あそこが必要なのはおれよりむしろきみのほうだ。あそこのほうがずっと暮らしやすいぞ、行けばわかる。きみが留守にしているあいだ、よかったら、きみのアパートについて何ができるか考えてみよう。

わたしの英雄《ヒーロー》。

彼はSUVでわたしたちをここに運ぶことまでしてくれた。

おまえを傷つけずにSUVに乗せるのがもうひとつのハードルだった。ヘクターが間に合わせのスロープを持ってきてくれた。建物の地下に秘蔵してあった古いドア。

ここでは階段を心配する必要はなく、ポーチへの低い階段が二段あるだけだった。そして、車の必要もなかった。わたしが自転車で町まで行って、食料の買い出しができる。きょうから一週間後、ここを出なければならないときには、わたしたちの友人がまたSUVで迎えにきて、家まで送ってくれることになっている。

ここに着いた最初の夜は天地を揺るがすような嵐だった。機銃掃射を受けているような音のする屋根の下で、わたしたちはいっしょに身をちぢめた。一晩中雨が降りつづいたが、朝には静かになっていた。まるで薄皮が剝がされて、まったく新しい世界が現れたかのように、明るく澄みきっていた。ほとんどシューベルトの『アヴェマリア』が聞こえてきそうだった。空の青さの匂いが嗅げるような気がした。そして、それ以来、毎日がすばらしい天気だ。
ビーチではときどき、たいていは夕暮れ時に、もう一組のカップルを見かける。上半身裸の、キャラメル色に日焼けした、アイスブロンドの髪の若い男——本物のビーチボーイ——と彼のワイマラナー。男が何度となく投げる棒きれをその犬が海に飛びこんで持ってくるのをわたしたちは見守る。男はかなり腕力があり、棒きれをずっと沖のほうに投げる。すると、犬はずっと沖まで、何度も何度も、いくつもの波を乗りこえて、倦むこともなく泳いでいく。なんとぞくぞくする光景であることか。その犬がどんなに無我夢中になり、どんなに誇らしげに駆け戻ってきて、男の足下に棒きれを落とすことか。

ひとりと一匹の若い生きものがそんなふうにしているのを見ていると、わたしは妬ましさに胸が震えるのを抑えられない。けれども、それはわたしのことで、おまえはいつもどおり冷静に見守っているだけだ。おまえは羨むこともなければ、憧れることも、ノスタルジアに浸ることもなく、後悔することもない。実際、わたしとは別の種族なのである。

そうやってのらくらしているだけなので、時間はもっとずっとゆっくり過ぎていくだろうと思っていた。エルモア・レナードを読んだり、『ゲーム・オブ・スローンズ』を数回分まとめて見たり、ちょっと授業の準備をしたり——わたしはそれくらいしかやらなかった。食事はほとんどサンドイッチで済ませ、それすら自分で作るのを面倒がって、デリカテッセンから毎日二食分ずつ買ってきて、果物は農産物直売スタンドから。それで十分だった。

延々と何時間も、わたしはポーチに坐って、ただ考えていた。たとえば、セラピストのことを

――彼を覚えているだろうか？　わたしは彼が言ったことについて考えていた。自殺は伝染する。自殺のもっとも大きな誘因のひとつは自殺を知ることである。もちろん、彼が何を言おうとしているのかはわかっていた。ドクター歴然。わたしは自分の夢のことを話したのだ。雪のなかに立っている、黒いコート姿の男。彼はわたしを呼んでいるのか――早く、早く――それとも、近づくなと警告しているのか？

わたしがそれについて考えていたのは、二、三日前にもまたおなじ夢を見たからだった。ただ、今度は、がらんとした雪野原ではなくて、どこかの戦場だった。爆弾が炸裂し、兵士たちが狙いを定めて撃っていた。今度は、まさに本格的な悪夢だった。

自殺を仄めかす人に、どんなふうに自殺するつもりかと質問するのは、ごく一般的な医師の手法である。計画が具体的であればあるほど、危険性が高いことになる。ところで、わたしがこの残酷な世界に別れを告げようとしているのだとすれば、いまは、うってつけの場所にいることになる。海に飛びこんで、できるだけ沖まで泳げばいいのである。それもたいして遠くまで行く必要はない。わたしはひどく泳ぎが不得意で、頭より深いところには行ったことがないのだから。

しかし、溺死は最悪の死に方だと聞いたことがなかったろうか？　たしかどこかでそんな記事を読んだような気がする。わからないのは、どうしてそうだとわかったのかということである。

彼女がけっして書くことのないただ一つの経験。

〈ねえ――海よ――わたしを連れていって〉この詩人は愛について語っていたのだろうか、それとも死について？

なにひとつ変わってはいない。依然としてじつに単純なのだ。彼がいなくて寂しい。毎日寂しい。とても寂しい。

しかし、こういう気持ちがなくなったら、どうなのだろう？

わたしはそうはなりたくない。

わたしは精神科医に言った。彼がいなくて寂しいという気持ちがなくなっても、わたしがそれで幸せな気分になることはないだろうと。

愛を急かせることはできない、という唄がある。哀しみを急かせることもできないのだろう。

彼は彼の前にもほかの人たちが考えたのとおなじように考えたのではないか、とわたしは思う。つまり、あとに残された人たちはだいじょうぶだと確信していたのだろう。わたしたちはしばらくはショックを受けるだろう。そして、しばらくは哀しみにくれるだろう。だが、みんながそうするように、やがてそれを乗りこえるだろう。世界は終わるわけではなく、人生はずっとつづいていくのだから。わたしたちは先に進んで、やらなければならないことをやるだろうと。

苦しみから、とりわけ罪悪感の苦痛から逃れるために、彼がそうするしかなかったというのなら、わたしはそれでもかまわない。わたしはそれでかまわない。

もちろん、それについて書こうとするのは間違いかもしれない、とわたしは悩んだ。人がなにかについて書くのは、それをつかまえておきたいと思うからだ。経験したことについて書くのは、その意味を理解するためであり、時間に押し流されてそれを失ってしまわないようにするためである。忘却の淵に。しかし、いつだってそれとは反対の結果になる危険がある。その経験そのものの記憶が失われ、それについて書いたことの記憶ばかりが残ることになるかもしれないからだ。旅をした場所の記憶が、じつはそこで撮った写真の記憶でしかない人たちみたいに。結局のところ、書いたり写真を撮ったりすることは、過去を保存するよりもむしろ消去することになるほうが多いかもしれない。だから、こういうこともありうるだろう。つまり、亡くなった人たちについて書くことは――あるいは、彼らについて話しすぎるだけでも――彼らを永久に埋葬してしまうことになるのかもしれない。

じつを言うと、いまになっても、わたしは自分が彼を愛していたのかどうかはっきりとは言えない。恋をしたことは何度もあるし、それについて疑問を抱いたことはない。しかし、彼の場合は――まあ、いまとなっては、それがいったいどうだというのだろう？　だれが言えるのだろう？　恋とは何かなんて？　それはどこかで読んだことのある、神秘主義者が信仰を定義しようとする試みみたいなものではないか。〈それはこれではないし、あれでもない。それはこれに似ているが、これではない。それはあれに似ているが、あれでもない〉

しかし、なにひとつ変わっていないというのは事実ではなかった。〈治癒〉とか〈快復〉とか〈傷口がふさがる〉というような言葉を使うつもりはないが、なにかが違うことにわたしは気づいている。なにかが準備されているような感じ、かもしれない。まだそうなってはいないが、いまにもなにかが解き放たれるような感覚。解放。

メッセージ。どうしてる？　きみのアパートはきれいになったぞ！

わたしのヒーロー。

いま、わたしはこの家の持ち主の——持ち主だった——女性のことを考えている。一度も会ったことのない女性。ごく基本的なものを除いて、三つの小さな部屋からはすべてが運び出されている。たぶんうっかり忘れたのだろうが、ベッドルームの壁に銀色のフレームに入った白黒の写真がかかっていた。車の横に立っているカップル、彼女とその旦那にちがいない。（そのむかし、写真を撮るときには、なぜいつも車の横でポーズをとったのだろう？）彼は合衆国陸軍の制服姿、彼女は当時のスタイル。大きな肩、髪はボリュームのあるカールが特徴のヴィクトリー・ロール、それにミニーマウスのパンプス。ハンサムとかわいこちゃん。若い。まだほんのこどもである。彼は十年以上も前に亡くなったことをわたしは知っている。彼女は去年までひとりで元気にやっていたが、ふいにすべてが同時に衰えだしたのだという。エネルギッシュな泳ぎ手で、庭師で、クロスワードを解く名人だったのに、ほとんどなにもできなくなった。脚力がなくなり、目も、耳も、歯も駄目になって、息もつづかなくなった。記憶力もほとんどなくなり、頭もどんどんまともでなくなった。

彼女はいつバラを植えたのだろう？　いま、じつにみごとに咲き誇っている赤と白。思わず、ああ、とため息をつきたくなる香り。来る年も来る年も、どれだけ彼女を喜ばせ、誇らせたことだろう。悲しいのはもうこれを見られなくなって彼女が寂しがっているだろうと思うからではない。もう見られなくて寂しいと感じることもできなくなってしまったことだ。わたしたちがその不在を寂しがるもの——わたしたちが失い、失ったことを嘆き悲しむもの——、それこそわたしたちを心の底でほんとうにわたしたちにしているものではないか。わたしたちが人生で欲しいと思いながら、結局は手に入れられなかったものは言うまでもなく。

ある年齢を過ぎれば、これは紛れもない真実である。しかも、その年齢は人がそう思いたがっているよりも早く来る。

太陽がおまえをぐったりさせているのがわかる。あまり調子に乗りすぎないようにしよう。きょうは三十度以上になるそうだから。

水をもってきてやったほうがいいかもしれない。そのついでに、自分にもアイスティーを、すてきな背の高いグラスに一杯。

ああ、ごらん。蝶々だ。すごく大きな群れが宙に浮かんで、小さな白い雲みたいに芝生を横切ってくる。つがいで飛んでいるのはよく見かけるが、こんなに夥しい数の蝶が群れ飛んでいるのは見たことがない。モンシロチョウ、だと思う。翅《はね》に黒い斑点があるかどうかは、遠くてよくわからない。

おまえを警戒すべきなのに。昆虫をパクリとやってしまうやつなのだから。パクリと一口で、大半が食べられてしまうだろう。それでも、蝶は飛んでいく。おまえにまっすぐ向かっていく。まるでおまえが芝生に横たわる巨石でしかないかのように。おまえに紙吹雪みたいに降りかかる。だが、おまえは――ピクリとも動かない！

ああ、何という叫び声なのか。あんな悲鳴をあげるなんて、カモメはいったい何を見たのだろう？

蝶はまた空に舞い上がり、海岸のほうに移動していく。

わたしはおまえの名前を呼ぼうとしたが、その言葉が喉のなかで死んだ。
〈おお、わたしの友だち、わたしの友だち！〉

謝辞

ありがとう、ジョイ・ハリス。ありがとう、セーラ・マグラス。

チヴィテッラ・ラニエリ財団、芸術のためのソルトンストール財団、そしてヘッジブルックにもその惜しみない支援に感謝します。

本書の抜粋が『パリ・レビュー』誌に掲載されました。ありがとう、ロリン・スタイン。

訳者あとがき

これは不思議な小説である。

いや、そもそも小説なのだろうか、という疑問を抱く人がいてもおかしくないかもしれない。というのも、ここには取り立てて言うほどのストーリーがあるわけではなく、主な登場人物には名前もなく、ただ〝わたし〟の脳裏をよぎるさまざまな想いが日誌のように書きつけられているだけだからである。

語り手はニューヨークの小さなアパートにひとりで暮らす初老の女性作家。彼女には学生のころには憧れの教師であり、その後は、歴代の妻たちも嫉妬するほど親密な〝友だち〟だった先輩作家がいたのだが、その男がふいに自殺してしまった、というのが本書のただひとつの事件らしい事件である。恋人や愛人だったわけではなく、最近では、メールのやりとりを除けば、約束して会うよりもむしろなにかの催物で偶然顔を合わせることのほうが多いくらいだったにもかかわらず、その男が死んでしまうと、彼女は世界が崩れ落ちたかのような深い喪失感にとらわれる。

　足下にぽっかりあいた真っ暗な穴を覗きこむようにして、彼女は静かに言葉を紡いでいく。自死について、喪失について、愛や友情のかたちについて、老いるということについて、記憶や書くという行為について、この世界で作家であることの意味について……。生きるということは、死ぬということは、どういうことなのか。

　死んでしまった人はもうここにはいない。現実に会うことはできないし、なにかについての意見を聞くこともできない。けれども、だからといって、その人がわたしの宇宙から消えてしまったわけではない。いや、それどころか、むしろある種の「全知の存在になり、わたしたちがすることや、考えることや、感じることを何もかも見透かしている」と感じることさえある。その人が生きていても、死んでしまっても、わたしたちは自分のなかにその人を抱えて生きているのではないか。

　自分の体験をしっかりとつかんで、忘れてしまわないために、それを言葉にしようとすると、あとに残るのはその言葉の記憶で、体験そのものの記憶ではなくなってしまうのではないか。旅の記憶が、じつは、その旅先で撮った写真の記憶でしかなくなってしまうように。

　動物がどんな苦悩や不安を感じているかを、わたしたちはどれだけ理解していると言えるのだろう。動物には言葉はない。だが、〝不安〟という言葉をもたないからといって、不安を感じることがないと言えるのか。動物は自殺することも、泣くこともない。けれども、実際、悲嘆にくれ、生きる意欲を失ってしまうことがある……。

真冬のニューヨーク。ひっそりと流れていく孤独な時間のなかで、彼女は自分に、〝あなた〟に問いかけずにはいられない。ところが、そこへ思ってもみなかった闖入者が出現する。じつは、〝友だち〟の死が唯一の事件だというわけではなかった。実際にはもうひとつ、重大な事件が起きる。その狭小なアパートでは犬の飼育は禁止されているにもかかわらず、死んでしまった男が残していった犬を引き取らざるをえなくなるのだ。しかも、それは小馬とも見まがう巨体のグレートデンだった。

アポロという名のこの犬は、男が死んでしまったあと、昼も夜もドアのそばで二度と戻ってこない主人を待っていた。それを見兼ねた未亡人が、ひとり暮らしの彼女を当てにして、引き取ってほしいと頼みこんできたのである。犬には主人が死んだことは理解できない、と未亡人は言ったが、女性作家の部屋に連れてこられると、この犬は悲嘆にくれているようにしか見えず、どう考えても、自分の主人が死んでしまったことを知っているにちがいなかった。自分にとっていちばん大切だったものを失ってしまったひとりと一匹。老いたグレートデンと初老の作家の奇妙な共同生活がはじまる。

狭いアパートにふたつの孤独が肩を並べているかのような生活。アポロは、道ですれ違うほかの犬も含めて、どんなものにも本気で興味をもてないように見えるが、あるとき、わたしが原稿を朗読すると、そばに寄ってきて、いかにも満足そうな様子を見せる。そこで、近くにあった本を読んでやると、ゆったりと床に寝そべって、しまいには眠りこんでしまうのだった。それからというもの、〝わたし〟はアポロに本を読み聞かせるのを日課にする。そうやって、このひとりと一匹のあいだに言葉を媒介としない友情とも言うべきものが育っていく。

犬が禁止されているアパートで、よりによってこんな大型犬と同棲するはめになった彼女は、いつ立ち退きを迫られてもおかしくなかった。そうなれば、この町では行く先が見つからないにちがいなく、友人たちがはらはらして見守るなか、彼女とこの犬はますますたがいに離れがたい存在になっていく。

アポロはすでに老犬で、そこにやってきたときから関節炎に悩まされていたが、しだいに衰えが顕著になり、と同時に、その排泄物や体臭でアパートは悪臭耐えがたくなる。この犬に残された日々がもう多くはないのはあきらかだった。すでに若くはない彼女と、わずかな時間しか残されていない老犬は、それでも、ある友人の好意で、しばらく海沿いの別荘で穏やかな時間を過ごせることになる。この作品の最後の場面は、底に悲しみをたたえながらも、じつにのどかで美しく、穏やかな明るい光のなかに横たわる老犬の姿をわたしたちは忘れることがないだろう。


この作品では、語り手はニューヨークに住む初老の作家で、大学でも教えている、作者とぴったり重なる人物で、その〝わたし〟が日常のできごとや心に去来するさまざまな思いを語るかたちになっている。だから、読者はいわゆる〝私小説〟のようなものとして読んでいくことになる。ところが、終わり近くになると、その〝わたし〟が死んだはずの男に会いにいく場面が挿入される。じつは、男が自殺をはかったのは事実だが、実際には未遂に終わって生き延びており、いまでは病院から退院して自宅で療養中であることが明かされるのだ。そして、〝わたし〟は今回の事件をモデルにしたフィクションを、男が自殺に成功していた場合、どうなったかという物語を書いているのだと告白する。男はそれを聞いて絶句し、それこそえげつない裏切り行為だと罵るのだが……。とすれば、彼女が書いているフィクションがほかならぬこの作品だということになり、ここまで読み進んできた読者は、一瞬、戸惑わずにはいられない。それまで〝わたし〟が語ってきたもろもろがあまりにも現実感にあふれているため、むしろこの挿話のほうが作り事じみている気がするからである。要するに、ひとつの作品が〝私小説〟であるかないか、どこまでが実体験で、どこからが想像力の産物なのかという、しばしば読者の好奇心をさそう問題と、その作品がどれだけリアルな存在感をもつか、どれだけわたしたちの心を揺さぶる力をそなえているかとはまったく別の問題なのだということなのだろう。

この作品には夥しいと言っていいほどたくさんの作家の言葉が引用されているが、それが単なる知識のひけらかしや気の利いた装飾にはならずに、語り手の思索や感情の流れにごく自然に組み込まれているのは、そのどれもがこの作家が長年のあいだに血肉としてきた言葉だからだろう。

わたしたちがその不在を寂しがるものや、欲しいと思いながら結局は手に入れられなかったものこそ、わたしたちをわたしたちにしているものなのではないか、という言葉が忘れられない。

作者のシーグリッド・ヌーネス（シークリット・ヌーネス、ジークリード・ヌネの表記もある）は一九五一年、ニューヨーク生まれで、母親はドイツから、父親はパナマからの中国系の移民だった。バーナード大学、コロンビア大学（ＭＦＡ）を経て、一時『ニューヨーク・レビュー・オブ・ブックス』誌の編集アシスタントを務めたあと、『ニューヨーク・タイムズ』紙、『ハーパーズ』誌、『パリ・レビュー』誌などに寄稿するようになり、ホワイティング賞、ローマ賞などいくつかの賞を受賞している。雑誌などに発表した短篇を別にすれば、現在までに発表されている作品は次のとおりである。

1 *A Feather on the Breath of God*（HarperCollins. 1995）（『神の息に吹かれる羽根』杉浦悦子訳、二〇〇八年、水声社）
2 *Naked Sleeper*（HarperCollins. 1996）
3 *Mitz: The Marmoset of Bloomsbury*（HarperFlamingo. 1998）（『ミッツ　ヴァージニア・ウルフのマーモセット』杉浦悦子訳、二〇〇八年、水声社）
4 *For Rouenna*（Farrar, Straus and Giroux. 2001）
5 *The Last of Her Kind*（Farrar, Straus and Giroux. 2006）
6 *Salvation City*（Riverhead Books. 2010）
7 *Sempre Susan : A Memoir of Susan Sontag*（Atlas Books. 2011）
8 *The Friend*（Riverhead Books. 2018）（本書）

このうち『*Sempre Susan*』はスーザン・ソンタグに関する回想録的な作品なので、それを除くと、本書はフィクションとしては第七作目になるが、この作品はアメリカでもっとも権威ある文学賞のひとつである全米図書賞（National Book Award）を受賞し、作者はいまやおおいに注目される作家のひとりになっている。

The Friend

Sigrid Nunez

友《とも》だち

著 者

シーグリッド・ヌーネス

訳 者

村松　潔

発 行

2020年1月30日

3 刷

2020年8月20日

発行者　佐藤隆信

発行所　株式会社新潮社

〒162-8711 東京都新宿区矢来町71

電話 編集部 03-3266-5411

読者係 03-3266-5111

https://www.shinchosha.co.jp

印刷所

株式会社精興社

製本所

大口製本印刷株式会社

乱丁・落丁本は、ご面倒ですが小社読者係宛お送り下さい。

送料小社負担にてお取替えいたします。

価格はカバーに表示してあります。

ISBN978-4-10-590163-9 C0397